不在梅边

王微微 ▲著

中国民族文化出版社·北京

低到尘埃　开出花朵

——王微微散文集《不在梅边》序

◎陈富强

　　我回忆了一下，我和王微微的第一次见面，是在湖州的新市一个文学采风活动中。说起来，新市离杭州不远，也是江南名镇，我却一次也没去过。2019年的夏天，本来有机会去新市，但我北上出差，赶回杭州再到新市时，已是灯火阑珊。次日一早，要出发去南浔，新市就这样擦肩而过，心里多少有些遗憾。上车前，两位女子现身，其中个子高一点的招呼我，但我已不记得她的名字。她自我介绍，是来自温州的逸云，去年在文成县见过的。逸云说的那次在文成，性质和这次类似，都是与文学有关的采风活动。逸云身边还有一个年龄相仿、个子稍矮的女子。逸云说，她叫王微微。又加上一句，她也是电力系统的。我一听，亲切感就油然而生。问她是哪儿的，是温州电力系统的吗？

微微说，不是，是文成高二电的。我还是第一次听说文成高二电这个单位，有意了解，但多问似乎显得不够礼貌，于是，寒暄几句，各自上车。

采风活动结束后不久，微微给我发信息，说她打算出一本散文集，想让我给写个序。收到这条信息，我是有点犹豫的，这几年，为电力系统里不少出书的朋友写过序，每次有邀约，总是不好意思拒绝。在我看来，序是一本书里面很重要的一个环节，写得合适还好，要是写得不合适，甚至文不对题，作者又不好意思说，反倒误了美意。但另一方面，我也深信，作者请人写序，特别是第一本集子，肯定是经过深思熟虑的，我轻易婉拒了，扫了对方的兴，双方都尴尬。于是，我给微微回了一个信息，表示愿意为她的第一部散文集写序。她显得很开心。

高二电，这家地处文成的电力企业全称：温州高岭头二级水力发电有限公司。文成水利资源丰富，建成不少水电站，其中，以飞云江支流泗溪中游梯级开发的一、二级水电站为最，文成县百丈漈水电站还是全国第一座高水头水电站。这座水电站也是我认识文成水电资源最重要的参照物。当然，从现在开始，我也会关注文成高二电。

微微把自己第一部散文集定名为《不在梅边》，书名取自书中的一篇随笔。全书分四辑，分别是《蹚进心里那座桥》《一个人的游思》《嘤其鸣矣，求其友声》《美盲·文盲·思及》。如果按分类，第一、二辑的散文色彩更鲜明一些，第三辑是影评和书评，第四辑则侧重于生活随笔。

　　读完全书，"文如其人"在微微的身上体现得可能更加充分一些。文字轻灵，有行云流水之感。她不刻意雕琢，但从她朴实的文字里，能所闻山涧的流水、鸟鸣、风声、花香。她出生在文成，所在单位也在文成最美的山水之间，让她有充裕的时间观山看水。所以，她笔下出现频次最多的是大自然的元素，比如村庄、老屋、石桥、小溪、树木、花草，甚至距离我们的生活已经显得有些遥远的牧场。她也关注社会焦点问题，比如《乡愁的声音》。这篇散文表现的主题是城市化进程中，传统文化与现代文明的冲突。在我看来，两者原本是可以相融的，但事实上，过快推进的城市化让传统文化的消失步伐明显加速了，最明显的就是文中所提的老旧城区与"城中村"的改造。微微写作这篇散文的起因是参加一个"留住乡愁"的主题征文，但在我看来，在微微心里，乡愁正随着那些老旧房子的消失，而渐渐淡出我们的生活，慢慢成为回忆。微微引用了张爱玲的一段话："回忆这东西若是有气味的话，那就是樟脑的香，甜而稳妥，像记得分明的快乐，甜而怅惘，像忘却了的忧愁。"

　　2013年12月，中央城镇化工作会议提出：城镇建设，要体现尊重自然、顺应自然、天人合一的理念，依托现有山水脉络等独特风光，让城市融入大自然，让居民望得见山、看得见水、记得住乡愁。这是多么美好的理念，但现实与理想总是不可完美兼得。微微说："我是山里人，久居草屋的贫贱，羡慕城里钢筋水泥堆砌的豪华，摸爬滚打，好不容易混进了城，若干年后发现，原先的嫌弃，却正是

此刻让我萦回于怀的念想。"她之所以这么想，是因为有
一位城里的朋友交代她，叫她留意一下，在文成有没有老
房子要出售，她要提前准备，退休后隐居山里，从此"暮
从碧山下，山月随人归"。

我一直觉得，一个作家，在他的心里，会有一个隐秘
的房间，安放他的创作之魂。在《无名古亭之闻悟》中，
微微写了一座古亭。那是她高中上下学的必经之地，那座
亭子，恰好在家与学校途中的二分之一处，适合小憩。微
微和同学经过那座亭子时，会进去歇歇脚。难得的是亭子
边上居然有一眼水井，井水引自山上的泉水，路人累了、
渴了，就在亭子里休息、喝水。在微微看来，那不知其名
的亭子，安静沉默于路边，沉默于时间的荒凉里，旧旧的，
暖暖的，给予我们润物无声的遮挡与呵护。而在我看来，
那座亭子，给予微微的，不只是青春年华一个休整的驿站，
更是她日后文学创作生涯中，一个颇为重要的精神坐标。

《山之巅，情浓种羊场》《铜铃山，心中的桃源》是
书中与作者职业有关的两篇散文。在文成铜铃山里有座小
水电站，作者的父亲年轻时就在那个电站上班。那里的绿
水青山，给童年的微微留下许多美好的回忆。山岭绵延起伏，
山路曲折高低，突然眼前出现这么一片绿油油的平整地，
还有那一团团白色毛茸茸的小可爱们在上面滚动，童年的
微微心情别提有多兴奋了。她甩开父亲的手，奔向草坡，
跑得飞快。父亲紧跟在身后急着嗓门喊："慢一点，慢一
点……"这是一个特别有画面感的真实场景，我几乎伸手

就能触摸到微微笔下的草地、羊群。那段生活经历，让微微的心思变得柔软、细腻，也让她的这部分散文写得自由、空灵。在作者心中，那些记忆是连接她与父亲和故乡的纽带，也是她心里看得见却抹不去的乡愁和世外桃源。微微沿着父辈踩过的印迹，也成为一名水电站的从业人员，想来与她童年记忆有必然联系。她选择了水电事业，很大程度上，也就是选择了她人生的一种轨迹，一种生活的态度。

在《一个人的游思》一辑中，留下的是微微游历的痕迹。阅文所及，可知她外出旅行的目的地并不多，但她写到了绍兴，也写到了朱自清笔下的梅雨潭。写绍兴的文字汗牛充栋，但微微的《绍兴随笔》写得别出心裁，她写了雨——江南的雨，是有颜色的，淡淡的水粉，涂抹着时光的河岸；江南的雨，是有姿态的，袅袅婷婷，柳烟花雾，似有还若无；江南的雨，是有情爱的，岁月风沙，红尘白浪，唯其裹足不前，与尘世不离不弃。

一场雨，也可以下得如此姿态妖娆，有声有色，很是少见。可见她的观察之细密，联想之丰富。这意境，不由得让人想起戴望舒笔下的《雨巷》，而作者，就是那个撑着油纸伞的江南女子。

朱自清先生的名篇《绿》一出，作家似乎对水，有一种天然的疏远感，至少在我心里，先生这则千字短文，写水的功力已经炉火纯青，造句用词之精妙，早已成为现代散文的范本，几乎无人能企及。我到过梅雨潭，但一直不敢落笔。时隔多年，我读到微微的《梅雨潭，朱自清笔下的精神深潭》，才有一种如释重负之感。原来，梅雨潭，也可以写成微微独有的。我相信，一千个人心里，有一千个梅雨潭，而微微心中的梅雨潭，则是独一无二的。她说："绿，对出生于农村的我来说，是不陌生的。"于是，微微写了孟浩然的绿，"绿树村边合，青山郭外斜"；她写了白居易的绿，"绿蚁新醅酒，红泥小火炉"；她又写了李清照的绿，"知否，知否，应是绿肥红瘦"。我顿时心生敬意，聪明的作者借用古人的绿，来写梅雨潭的绿，想必连朱自清先生也无话可说。大师们肯定同意微微给予"绿"的注脚：绿，是大自然的灵魂，是大自然最美丽的肤色，是上天赋予人类最珍贵的礼物，是所有生命的理想国，她纯真、谦逊、整饬，她洁净、明澈、深邃。

我很喜欢随笔《弯下腰去看蚂蚁》这个标题。在没有读正文之前，我以为作者观察的是昆虫学上的蚂蚁。几乎每个人在小时候，都曾经蹲在地上看蚂蚁搬家。但作者在本文中写到的蚂蚁，是生命学上的人类。她从街的拐角处发现的一位盲人卖唱者写起，写到了一个人学会弯腰的处世哲学。从这则短小的随笔中，可以看出作者的人文情怀。在作者眼里，茫茫宇宙，人类弱若尘埃，最终将于虚无，天地只在一心间。这说话做事，弯一弯腰，又有何妨呢？我想，绝大多数人都会认同作者的这个观点。弯下腰，是坚实的大地，站起身，是宽广的天空。蚂蚁啃骨头是一种精神，倘若人类获得这种精神的精髓，何愁跨不过山河千万里。

依照书稿的次序，本书的后记是最后看的。读完，心里竟然有一种莫名的疼痛感。作者写了她与父亲的关系。我在不少文字里也写到了父亲，对微微面临的生离死别，我感同身受。天下所有父亲都一样，他们给了我们山一样的坚强与依靠，但最终，他们都会离去。我们都需要用柔弱的肩膀，扛起家里的江山，以慰父亲在天之灵。值得欣慰的是，微微这部著作的出版，可以告慰父亲：童年满墙的旧报纸，成为他最爱的女儿最初的文学启蒙，并且她从这里看见土地，播下种子，开出花朵。

微微拍过一个小视频，是山涧的溪流。水缓缓流过岩石，发出天籁般的声音。微微说这是水电站边上的小溪里流出的水。看着这个画面，听着流水的声音，尘世的喧嚣似乎一下子就寂静下来。这种来自内心的感受，与我阅读《不在梅边》有异曲同工之处。文成的山水滋养了微微，也滋养了她的文字。我仿佛突然明白，她的父亲，为何要给女儿取名微微。陈子昂《酬晖上人秋夜山亭有赠》诗云："皎皎白林秋，微微翠山静。"想来，微微的父亲，也是一个爱书之人，读过唐诗，诵过宋词。

阅读《不在梅边》是一个愉悦的过程。掩卷之余思考，微微的这部作品至少给了我五个散文写作上的启示：自然是散文写作的源泉；行走是散文写作的翅膀；观察是散文写作的手段；真情是散文写作的灵魂；思索是散文写作的力量。这也是值得散文写作者思考的几个命题。如果散文写作者和读者想要获得更加详尽的答案，那么，阅读本书是最好的选择。

我用"低到尘埃，开出花朵"作为序的标题，这八个字取自张爱玲，代表的是我对微微这部作品的认同。如果一定要探究这八个字的含意，那就取用英国诗人兰德《生与死》中的诗句：

我和谁都不争，和谁争我都不屑；

我爱大自然，其次是艺术；

我双手烤着生命之火取暖；

…………

是为序。

2019 年 11 月于杭州

（陈富强，中国电力作家协会副主席，中国作家协会会员，中国作协九大代表）

目　录

【一个人的游思】

【嘤其鸣矣，求其友声】

【美盲·文盲·思及】

蹚进心里那座桥

我要还家，我要转回故乡。

我要在故乡的天空下，沉默寡言或大声谈吐。

——海子

无名古亭之闻悟

> 我与她没有发生什么故事，她，就是我生命
> 中的故事。
>
> 我与她没有任何的约定，她，却一直守在原地，
> 赐予我以美好。

——题记

亭，停也。乡野无亭，则显得荒凉与冷漠。

路边一亭台，显示此处有人烟，有行善便民的温暖。山水胜处，或荒郊野外，亭，亭亭玉立着，简单朴素，仿佛世间绝色。人们，走走停停，停停走走，在长亭短亭的缠绵中，休整生命。可以说，亭，不仅是大地诗意的载体，文化生活的栖居，更是人们停集、远眺、游憩、补给不可或缺的精神驿站。

迫切地想走近一个亭子，坐下来喝一瓢水，补给一下饥渴的身体与心灵。生活中，不知道你们有没有过这样的感觉？

我的高中就读于刘基故里南田中学。20 多年前，我因晕车而不愿坐车，三年高中生涯基本都是走着去上学。从

西坑，经梧溪，爬八都岭，到南田，每周往返一次。十几公里的山路，几位同学约起来一起走。路旁散落一两个小村庄，虽见烟火，与我们却是疏离的——总不至于随随便便走进哪一间屋要水喝要凳子坐吧？唯那不知其名的亭子，安静沉默于路边，沉默于时间的荒凉里，旧旧的，暖暖的，给予我们润物无声的遮挡与呵护。

亭子刚好在二分之一的路途中，四根柱子，通透无墙，三边有美人靠。边上有一石头砌的方井，周围长满墨绿色的青苔，半边用竹篱笆盖着。一根毛竹接着一根毛竹，将清澈甘甜的泉水从山上接导而来。井里浮着一个深褐色的蒲瓜瓢，供路人舀水。走得疲惫不堪的我们，一到亭子，便翻仰在美人靠上，或围在井旁，你一瓢我一瓢，咕咚咕咚，开怀畅饮。

这亭，是那三年中，家的这头与那头，脚的酸胀与疼痛，最迫切的渴盼。她给予我无拘无束自由放牧的视野，给予我最简单最朴素的生命感应，给予我求学路上最丰盛的饯行。一瓢水下肚，便觉得浑身液汁饱满，再走起路来，脚下虎虎生风。

前段时间，在同学群里聊起这条路与这座亭，一男同学马上开车过去。他说，他想重温与体验，但路已经不见了，被杂草淹没了。当然，没有路，他也走不到那座亭。

我挂念那座亭，以及关于那亭的人与事。

20多年的风风雨雨，那亭，一定也老了。那些当年建亭护亭的人都还健在吗？那位爬山引水的老人还在吗？那条路走的人少了或没有了，亭里歇息的人也少了，亭的功用也弱了，不知道还有人维护她亲近她吗？那两个小村庄还在吗？如果还在的话，那些留守的老人，会不会偶尔摇着蒲扇，趿着拖鞋，在某个晚饭后，溜达进亭里，陪夜虫一起闪亮登场，讲讲村头村尾的故事呢？那些年轻人，会不会在节假日回家探亲时的某个清晨或午后，走进亭里发会儿呆，以闻草木以观星云，以亭为最美好最休闲最诗意的精神娱乐场所呢？

不知道，不知道。我承认，我也只是想想，至今未有去看看她的行动。我与她，疏远已久矣！

当我被裹挟在时间的洪流里，当我看到一座又一座华丽的亭子在景点在公园在住宅区拔地而起时，我的心，竟莫名地思念了疼痛了。我希望，我心中那一座亭子，她依然亭亭玉立风姿绰约，我希望在她摔倒之前有人能扶她一把，于野草杂木中。虽然，她老了旧了沧桑了踉踉跄跄奄奄岌岌了，但我不能忘了，在历史的长河里，在人生的某段旅程中，是她，她们，曾经给予我们最善良最无私的呵护与温暖。

如果有时间，如果有机缘，如果还能走一走这古亭，我想，我真想，带上茶，带上书，带上几位同道中人，从最初的原点出发，跋山涉水，累得气喘吁吁时，正至亭子，斜倚在美人靠上，舀井水煮清茶，就着朦胧暮色，念想当年的青春年少，念想当年山里孩子读书求学的困苦艰辛，念想当年建亭引水的那些山野村夫。如果能遇见一两位白须老者，那么，邀其共饮，席地幕天，该会是如何的通透惬意？那一刻，山野万物，可闻可悟。

亭子，她不同于移动的文物——即使遭遇最不好的结局，被偷窃，被倒卖，也依然是被呵护、被珍藏的。而她，只能站在风雨烈日中，一动不动。其实，她不比被各类名家贴上各种标签赋予了各种历史意义的"楼亭"，她哪能与文物古迹搭上边呢，她只不过是山野驿站上最朴拙的供人挡风遮雨避骄阳的小亭子，最多只能算古物罢了。然而，正是这个简陋破败不知姓名的亭子，因其天然善良的声色，贵比古迹文物，在我内心深处至今华美着。

那些沉埋于记忆中的旧亭子，那些被遗弃的旧亭子，像是山野中沉睡的古老灵魂，正在冷落中苟延残喘。如果，大刀阔斧开发青山绿水旅游资源的时候，人们能手下留情，予她们以文物待遇，抢救其被湮没于市场经济中；如果，那些沉默于山水乡间大大小小的"她们"，能被后来人——寻找、发掘、保护，对她们来说，那该是如何的造化啊。而这，何尝不是我们对自己生命知觉的修复与拯救呢？

我想，我们要是有敬畏之心，一定不会如此迟钝与寡情吧！

乡愁的声音

70后，出生于农村的我们，如果有一种共同记忆的话，那就是故乡——回得去与回不去的故乡。

这个故乡，是存在于山村乡野的，存在于那一块块被磨得光溜溜的凹凸有致的石头中的，存在于灵魂深处某个层面的。

张爱玲说，回忆这东西若是有气味的话，那就是樟脑的香，甜而稳妥，像记得分明的快乐，甜而怅惘，像忘却了的忧愁。

甜而稳妥而快乐而怅惘而忧愁，这是不是乡愁的全部？

前几天，塘河文学社一位老师来电告知，娄桥街道与瓯海区文联联合开展的"留住乡愁"主题城中村改造征文活动开始了，约我写一篇文章参与。不知怎么地，仿佛有一种什么东西撞到了我的心灵深处，让我恍惚，让我隐约有一种说不出的感受。

是"城中村改造"这个字眼本身吗？抑或其他？

想起了同样是几天前，一位城里的朋友交代我，叫我帮她留意一下，我老家旁边有没有老房子要出售。她要提前准备，退休后隐居山里，过清薄安宁的日子。

她是城里人，从小到大居住在高楼大厦里，在城里出生、成长、上学、工作，直至等待退休。从某个角度来讲，她没有乡愁，也可以说，她走不进故乡。

我是山里人，久居草屋的贫贱，羡慕城里钢筋水泥堆砌的豪华，摸爬滚打，好不容易混进了城，若干年后发现，原先的嫌弃，却正是此刻让我萦回于怀的念想。

她和我内心里同样有一个老年生活的桃源。这个桃源，是我心里念念不忘的故乡，却仅是她心里的远方。

娄桥"城中村改造"，让我产生一种错觉，仿佛我在那里生活过。走进每一个乡村，我都能隐隐约约找到自己。这并不奇怪，出生于农村的我，对于"村"的感情太深了。

那时候的我们，整日在山野农田里飞来荡去，身手如猴子一样敏捷；那时候的我们，有大把大把的时间，能了解方圆十里所有的家庭纠纷，男女"八卦"。当城里人泡茶泡吧泡图书馆泡温泉的时候，生活在农村的我们，只会喜滋滋地"泡"着大自然。"暮从碧山下，山月随人归"，一身泥巴，两袖山风，瞪着一双黑白分明的眼睛，一恍惚，周围的一切事物便都消失了，恍惚到不知归家。

那时候的恍惚，透着简单的甜蜜；现在的恍惚，隐着复杂的忧伤。

有些时候，我会不受控制，在内心连缀一些场景。我很愿意，在村口那棵大树底下，长久地伫立，长久地恍惚，觉得那些远离的村落，内心的故乡，都活生生地立了起来，显了出来。

冬日，老人围坐在旧屋瓦檐下，守着太阳，屋顶上那一缕浓白色的炊烟，在他们身后袅袅婷婷，那么真情实意的温暖。

夏天，孩子们赤条条地在河里打闹嬉戏，碧绿清透的河流，仿佛一块翠玉，贴挂在胸前，幸福爽快直抵心房。

春天，漫山遍野的山花，簇拥浪漫，仿佛大自然珍贵的香水，不小心倾洒出来，香韵迷漫天际。

秋季，田园稻米瓜果飘香，大地悬挂起金黄色的幕布，仿佛凡·高刚完成的燃烧着的油画。

农村人黝黑的脸上，写着静水流深，淡泊恬然，随遇而安。

我是不要忘记的，这些景色。

当然，"城中村"不是我所生活过的真正的农村，城中村是指"农村村落在城市化进程中，由于全部或大部分耕地被征用，农民转为居民后仍在原村落居住而演变成的居民区"，是指"在城市高速发展的进程中，滞后于时代发展步伐、游离于现代城市管理之外、生活水平低下的居民区"，是指"都市里的村庄"。

在城市经济迅猛发展的今天，城中村，像是一块块的狗皮膏药或是牛皮癣，粘贴在城市这张精致干净的脸上，制约了城市的整体形象和品位的提升。城中村的各种脏乱差，拖住了城市经济建设的后腿，影响了一个城市的精神文明。

那么，城市要发展，城中村改造，势不可挡。

那些陈旧的村落，被城市不断地扩张延伸侵吞，直至消失，最终会被遗忘。娄桥街道与瓯海区文联，在城中村改造之前，组织这么一个活动，或许，是想留下一些文字一本书一个美好的回忆。如果这些文字这本书这个回忆，经年后，被人从积满灰尘的书架上翻出来，并触动某人心底某处某根柔软的弦的时候，便是抵达便是圆满便是福报。

字是活的，书是活的，回忆也是活的，它能让城市活着，让城市的历史活着，让成为历史的人，活着。

余秋雨在《文化苦旅》里这么说："文人的魔力，竟能把偌大一个世界的生僻角落，变成人人心中的故乡。"

当然，我不是文人，但我心里真的有故乡。我的祖辈世代皆农民，对"村"有着深深的依靠与依恋。对"村"改"城"，实在说不上欢欣鼓舞。我觉得，只有背靠大山，双脚踩在结结实实的土地上，灵魂方可安然供养。

平楼旧屋乡村的故事，与高楼林立城市的故事，是有区别的，甚至有些格格不入的。

当古树、旧墙、烟囱这些乡村"灵魂"被推倒重建的时候，希望多一些留白，让那些古老的文化依旧被保存，因为它们才是时间里真正的烟火。

所有的蜕变，或许总是要经过阵痛的过程的。事物总是有两面性的，当人们个个忙着营造春风雨露的时候，请听听水泥地下一条蚯蚓的喘息，一只蚂蚁的抱怨。

为了文，而文。写着写着，文字便颓废了。但美好的愿景，驻守在心深处。我从钢筋水泥的废墟里探出身，把微笑植入泥土，那些暖，便也溢了出来。

那是我对乡村缠绵的思念，对城市由衷的祝福。

山之巅，情浓种羊场

　　这条路我应该来过好几次，存在于记忆中的，却总是那一次。

　　车在路口分岔处顿了顿，两只黄狗从左边路口迎上，我跟上活体导向标。

　　下车，风从四面八方围了过来，秋凉贴紧我的肌肤。犹如发自体内的感应，我听到森林在说话。那悬浮于风中的音符，在我耳郭边潜伏流动，恍若秋天细碎的足音。深呼吸，极目远眺，一片竹海在山那边搅碎了一池秋水，也搅乱了我未泯的童心。呀，我忍不住轻呼！我看到遍地的羊群，在山坡上奔跑，我听到父亲说：你看，那毛发卷卷的叫绵羊，那毛发不卷的叫山羊……

　　那年我七八岁的模样。种羊场当时叫绵羊场，再进去是铜铃山，铜铃山里有个小水电站，父亲年轻时就在那个电厂上班，文成县有很多小村庄的第一缕电灯光，就是来自那里的。那个时候交通不方便，经济也很拮据，能走得到的地方，父亲都是走着去的。山岭绵延起伏，山路曲折高低，突然眼前出现这么一片绿油油的平整地，还有那一团团白色毛茸茸的小可爱在上面滚动，心情别提有多兴奋了。我甩开父亲的手，奔向草坡，跑得飞快。父亲紧跟在身后急着嗓门喊：慢一点，慢一点……

时间是经，回忆是纬。此刻，我站在种羊场的山巅，编织着情感那张疼痛的网。任性是那么年轻的一个词儿，人到中年，我还能想哭便哭，想笑便笑？明明内心波澜汹涌，我装作心如止水；明明想哭，我表面依旧笑若春风。有些东西触及很痛，我却装作很轻松的样子，我像极变色龙，附身原野，与天地合一，分辨不出物我本色。光阴荏苒，白驹过隙，装着装着，心，便渐渐地"艳丽得苍凉了"，不知是该庆幸安慰，还是惋惜责备？

"姑姑，羊在哪里？"侄女在我耳旁问。

羊在哪里？

回音在山巅上"沙沙沙"飘荡。一阵阵烤羊的浓香直往鼻尖里钻，"哇，在那里，在那里……"我把手指向不远处正在烤羊的炉子，装出很惊讶、很有兴趣、很垂涎的样子，想把小姑娘翘得老高的小嘴巴抚平。在车里，我给她讲故事，讲我见过的种羊场的故事，讲"风吹草低见牛羊"的故事。几十年过去了，我从她这般的小模样，走向中年。我以为，山巅的模样只是"物是人非"而已，没想到物亦不是物了。当然，小姑娘只对活物感兴趣，山巅上没看到成群的绵羊，让她很扫兴，这般烧烧烤烤吃吃喝喝，对她来说，早已不是新鲜的事了。而我，坐在炉子前，不停地在朋友圈里晒图、嬉乐、互动，比小姑娘表现得更兴奋，一任自己的心情"夸张"到极致。

场里有一位老工人，看起来 70 多岁的样子，精神矍铄，腰杆挺直，许是早已习惯了山风做伴，枕月入眠的清宁，偶尔来一群山外的人，叽叽喳喳，一下子便扰乱了他的生活。

我们到场里的时候，刚好是中午时分，老人家连午睡也不睡了，坐在门前陪我们聊天。他说，他是富吞人，当时的场领导看他出身贫苦，老实能干，便把他安排到场里干活。他掐着指头数，1972 年来农场，至今已有 40 多个年头。绵羊场与水牛塘一样，是温州第一批知青的下放点，而他来这里，比第一批知青还早。

我在他身边席地而坐，我对这些正在沉默中流失的故事很感兴趣，我摆好听众的架势，老人家呵呵地笑了："那么多年了，我哪能想得起来啊？"

第一批分来有十几位知青，后来陆陆续续有插队的，山里面一下子便热闹起来了。可那时苦啊！开始自己管自己，后来吃食堂大锅饭。记得当时有两对知青在谈恋爱，其中某某与某某成功了，某某与某某因为家中不同意，后来不了了之了……现在，据说某某与某某已经逝去了，某某与某某现在居住在瑞安……他刚刚说过去那么多年的事，他想不起了，没想到一开口，便是这般滔滔不绝，甚至连知青的名字都还记得，看来，环境的艰辛，命运的尴尬，都会随着时间的远逝而淡忘，唯独感情这事儿，哪能忘啊！

"我的父亲叫王某某，以前在高岭头水电站上班，您认识他吗？"

"哦，他是你父亲啊？当然认识。那时他们电厂的配电室离这里很近，一到晚上，我常常会跑去和他们一起玩，那里有电视、有象棋、有报纸杂志……但他们时常没水喝，得到我们这边挑水吃……"

他说着说着，话题便散了。我听着听着，便走神了。

我眼前又出现了那一片青草坡，和那一群小绵羊，我看到手拉手走在山坡上的父亲和我的背影，看到了那一群意气风发，却又神情疲惫的知青；听到了"抓革命，促生产"喊得铿锵雷响的口号……那些无法淹没的历史小插曲，一段又一段地在我眼前循环播放，那么唯美，那么苦涩。

羊肉在炉架上被烤得吱吱作响，同学们拖家带口陆续到齐，大大小小 50 多号人，把这个昔日安静的农场吵了个底朝天。孩子们奔走嬉闹，打成一片。男同学聊着各自领域的工作状态，女同学则堆在一起说说服饰，数数白发，拉拉家长里短。昔日知青，今日同学，大山的热血，又开始沸腾了。我捉住这一瞬的感觉，我要在这里留下一行字，记下一个心路历程，我不曾体验过生命的全过程，但我知道如何去体验所有过程里的每一瞬。

如今，农场已被某旅游公司承包，正在开发改建中。扩张也好，开发总是好的，在废墟之上，重建回忆。有这么一天，想来的时候，驱车便来，在屋角边摘一束野花，在池塘里舀一盆清水，去厨房找一些瓶瓶罐罐，慢慢地将花儿插上。然后，泡一壶茶，握一册书，看云起云落，听花鸟虫鸣，念想那一对手拉手大人小人的背影，季节晨昏，俯仰由我，如此，便好。

后院指甲花与山上女疯子

—

很多年以前，当我捣烂指甲花取其汁液，将十指染成丹蔻不舍得下水，被妈妈骂"小疯子"的时候，我一定没有想到，如今指甲油已经是彩妆行业的主打产品，色彩图案多到让你眼花缭乱，甚至还出现了一个专门做指甲的行业，曰之"美甲"。

其实早在公元前 3000 年，中国已经出现用蜂蜡、蛋白和明胶等材料制作的指甲油，同时期的古埃及人则用红花及昆虫分泌液提炼颜色涂抹指甲，并用毛皮摩擦使指甲发亮。

至周朝时，聪明的中国人用金银等贵金属铸造了薄透指甲套在手指上，并在指甲上镶嵌宝石，描绘复杂的景泰蓝纹饰。当然，当时这种象征大富大贵金银珠宝甲套仅供皇室成员使用，是地位与权力的象征，平民百姓如果擅自使用是会被处以极刑的。

现代美甲自 20 世纪 30 年代美国好莱坞的明星及名流贵妇间兴起，慢慢演变更新至今。如今，我国大街小巷美甲店遍布，指甲油虽不再是身份与权力地位的象征，却也还是养尊处优的一个表象吧？我想，十指镶金银不沾阳春水的女人，已然活出女人珍贵的境界，当然没人会说她们是"疯子"。

你看，爱美之心，千古之风。人们对指尖的精雕细琢，对美之向往，始自指甲花，此花，应当在中国文明史上记上浓重之一笔。

二

小时候，父亲在老屋后院辟有一小块地，专门给我种花养草，他不参与打理，只在需要的地方给我做"理论上"的指导。我觉得，这是我父亲和别人的父亲不一样的地方，也是我的父亲与我的妈妈不一样的地方。除了少量的月季，我只种指甲花，除了好打理，还因为它能将黑白的童年涂抹得五彩斑斓。如今想来，这一小块地，种下去的不仅是一些普通的花，也是自由，是思想与审美的起点。

指甲花又叫凤仙花，"因其花头、翅、尾、足俱翘然如凤状，又名金凤花"。但我觉得它更像一枚展翅停歇的蝴蝶。我常暗暗地想，如果每一朵花都能离开枝头像蝴蝶一样振翅飞翔，会不会产生蝴蝶效应呢？

万花丛中，凤仙花是最不起眼的，不与群花争艳，又痴又淡薄，却是最热爱生活的一种花。种子成熟时，它便炸裂般地弹射出去，投身向大地，自播自耕自繁华。

我时常是待凤仙花开得正好的时候，掐花捣汁，把每个指尖都染得粉粉红红的，然后裹上花被单，翘起兰花指，咿呀开唱。哈哈，小小木板床就是那时候最美的星光大道了，我们都是编导舞美全能。我相信那个时代农村的女孩子都玩过这个。丹就是那时候陪我玩得最多的小闺蜜，她住校，学校离我家五里路，周末的时候，我时常邀她来我家。

有一次她涨红着脸对我说，放暑假了，我带你去我家玩，我家的指甲花比你多多了，也比你的好看，一株花上开好几个色呢。

她的话直接打击了我的骄傲，但我心里还是蠢蠢欲动，很想去看看，到底是怎么一个好法。

丹是岭后苍降村人，现在隶属铜铃山镇，距镇中心 38 公里，是铜铃山镇最偏远的小山村。我是西坑镇河背村人（现在这个小村庄已被淹在水库底）。当时，我住山脚，她住山顶——去她家，30 多里的路程，得翻过几座山，跨过一条乌银桥，桥下潭水深不见底，父亲当然是不放心让我去的。丹信誓旦旦，说是早已经与她父亲说好的，到那一天，她的父亲会在河的那一头接应我们。那时候没有电话，没有手机，没有微信，时间是出门之前就相互约好的。父亲拗不过我的眼泪鼻涕，再三确定，最终同意了。果然，未走到河边，在山的这头，就远远地看到河的对岸有一个人站在树荫下向我们挥手。

事过多年，她家的园子到底有多大，花又有多少，我已经淡忘。我记得的是，她家乡山腰上另一户人家院子里的指甲花，以及屋里那位"女疯子"。

屋在路边，围墙圈着，墙角爬满了蓝紫色的花，密密麻麻开了一地——至今我也不知道那叫什么花。瓦檐墙头爬满了杂草，绿得粗暴，显得这屋子与村里其他的屋子似乎有点不太一样。正是杨梅红透的季节，墙内一株杨梅开枝散叶，红色的小杨梅密密麻麻垂挂到了墙外。攀在墙上，踮起脚尖，我们边偷吃杨梅边观察屋里的动静，我发现院子里头居然全是指甲花，一簇簇，凌乱茂盛而挺拔，红的白的粉的紫的，在风中摇曳出一片锦绣。

喂，别爬上去，屋里头有个女疯子。

女疯子？我一下子从墙头滑了下来，心里生出了一丝恐惧。

几天后，我们又去了。

傍晚的阳光已褪去尖锐和炎热，刷刷刷从西边树林里温和地洒下来，光影斑驳，很入画，像是法国画家塞尚的笔触。松树粗壮笔挺，灌木高大，那些缠绕在灌木上的藤蔓也是粗手粗脚的，绿气森森。我们偷偷地绕屋一周，屋前屋后依然静悄悄的，没有平常农家的狗吠声，只有知了有一声没一声孤独地嘶叫着，墙角一堆木柴，隐隐燃烧生活的气息。

她家会不会有狗啊？我最怕狗了。

她连自己都养活不了，怎么可能会有狗呢！

她家有这么多指甲花唉，她会不会像我们一样，把花摘来涂指甲呀？

会的吧，说不定她还涂嘴唇呢，只是，她涂起来给谁看呢？

哦。我扒着门缝往里看，内心生出一种渴望，又是一种畏惧——渴望见到那位"女疯子"。生活在围墙内的"女疯子"到底是什么模样的呢？唇红齿白长发及腰吗？又怕见到她，怕她青面獠牙蓬头垢面追着我们扔石头。丹说过，女疯子力大无比,石子扔得很远,那样的话,我是跑不动的。

三

时光飞逝,一晃 30 多年过了,路上的光景已多半在日常的磨损中淡化失忆,唯那山腰上的小屋,那满院子的指甲花,及与花相伴的那位未曾谋面的"女疯子",却一遍又一遍地回放在我的过往里,仿佛生命之书的断章残句,模糊难辨,却又渗透了美好的神秘,让人牵挂和冥想。

她为什么远离村子,把自己孤零零地圈在山腰上?难道这是她热爱的生活方式吗?或是她喜欢这径幽林深而生发出的不自觉的禅意?可她是"疯子"呢。

每次和丹在一起,我便会向她提起那位"女疯子",以及那满院的指甲花,她总说,我也不知道呢。是的,30 多年了,如今的苍降村除了零零星星的几位老人固执留守,其他人都已搬到镇上或更远的县城里。人往高处走,水往低处流,这将是所有小村庄的命运。山旮旯里的自然村,如果没有名家挖掘,没有文化支撑,没有财富的堆积,谁会去关注?又如何关注?再沉稳的山野之气,也镇不住这荒山野岭的苍凉,它终将会走向荒芜,成为内心永远的故乡。

又一次我问丹,丹抚着自己清秀的指尖漫不经心地说,女疯子呀,早死了。据说那一间屋子也坍塌了,只剩下一堵破败残墙。

哦,那么,那些断壁残垣间的指甲花呢?还会自弹自射自锦绣,活得那般灿烂吗?

醉鱼草的毒

能将鱼醉倒的草，一定是有毒的。

有毒的草十有八九是能入药的，药学经典《神农本草经》言之"神农尝百草，一日遇七十二毒"。

老一辈的人说，山野百草皆入药。生活在沟沟坎坎里的他们，就像神农，有伤风感冒虫叮蛇咬什么的，一般不会去医院，直接去山里摘一些花花草草，煎服几次病就去了。甚至有一些西医挥针动刀解决不了的疑难杂症，用农村的土方法捣鼓起来，吃着吃着病也吃没了——这也不是没有的事。有时候觉得，这草药比起西药，温文尔雅多了。

醉鱼草属马钱科灌木，4 至 10 月开花，8 月至翌年 4 月结果。扎堆开花扎堆结果，"穗状聚伞花序顶生"，芳香传远，微毒，我戏称其为"一平方英寸的毒药"。

美国声音生态学家戈登·汉普顿著有《一平方英寸的寂静》，那是他为了声援环保而发出的警语。我这"一平方英寸的毒药"，是心灵花园的香水。香水有毒。

记忆中，小花园右泥墙上长着一株醉鱼草，应该说是一簇，好几根粗枝条重叠交织在一起，几乎一年四季都开着细小繁复的紫花，蜂鸟虫蝶与花，一起从墙头垂挂下来。你不用为它费多少心思，它是自生自长自灿烂的，为小花园添加了不少颜色。

农村山涧溪沟，田头地角到处都有这种花，它们侧身而立，挤拥在一起，非主流身姿，燃烧紫色的火焰。远远地看，乘风徐来，像是身披紫纱落地长裙的女神飘过来，看得人心尖晃呀晃。那些紫，从粉开始，浓浓淡淡，浅浅深深，从自然朴素里渐渐生出一朵花的气质来。紫色尊贵，代表着吉祥美好，在古人眼里，紫色还是权力的象征，一直为皇宫贵族所崇拜。受中国影响，据说紫色至今仍为日本皇室尊崇。

有些勤劳却少了些情趣的农人，常常在除草的时候，把田头角落的花花草草一起除了去。这也怪不得他们，在还吃不饱穿不暖的年代，一切"侵略"庄稼的，都是错误的，都是要被打倒的。

当然，有情趣的人也不少。他们在侍弄庄稼的时候，也舍不得花花草草。这样，他们的农田就比别人的农田活得滋润些，春花又秋月；这样，他们干活累了，坐下来喝一杯水，抽一根烟的时候，就可以和一朵花默然相对；这样，他们的生命词典里就没有"斩草除根"的残忍。

凡是花，大都是踩着枝头昂首向上绽放的。凡是生物，不同程度上都有炫耀的倾向？比如舞台上的模特，踩着五寸高跟鞋，袅袅婷婷走来走去美给你看，我们在底下仰望，真美啊！这艳羡里有着距离。当然，她们都是美的引领。

醉鱼草是低到尘埃里开花的。它也有漂亮得体的"衣衫"，也有最美的 S 型曲线，但它不炫，它是收敛的。它最美丽灿烂的时候，也是它离泥土最近的时候，那恭敬虔诚的身姿，犹如紫衣女神俯首阅读大地。山风拂来，衣袂飘飘，"闭月羞花人皆叹，落雁醉鱼妒红颜"，不知不觉间，这弯腰开花，竟开出了精神与信仰，开出了秀气与贵气。

物各自我，尽其用。

我生活在河边，每年七八月份的时候，村里的人会相约去河里"药"一次鱼，弄点河鲜，以改善伙食。这药，不是药，是山茶榨油后的渣饼。捣碎，撒入河里，不一会儿，那些鱼，便醉醺醺了，从水底下直往上蹿，耍起花样泳。大大小小的人，手里拿着网兜，肩上背着鱼篓，守在河流的两岸眼疾手快地捞。流水一直在走，人们顺着流水捞。深潭静流处，水至清，有大鱼，状态清醒。大人们有经验，知道是"药力"不够了，就会在附近，扯一捆醉鱼草，捣汁"洗"下去，不一会儿，那些水底的大鱼便不胜酒力了，摇摇晃晃，翻起白肚皮，成了鱼篓里的大俘虏。

小朋友喜欢模仿，夏天午后，趁大人午睡不注意，偷偷约起来去挖醉鱼草，结伴去门前小溪沟里"药"鱼。大人有大人的清欢，小人有小人的乐趣，各自欢喜。鱼不欢喜，人类也"有毒"。

百花百草百语。醉鱼草的花语是信仰心。

一朵有信仰的花，才是带花骨的花。推及之，一个有信仰的人，才是有灵魂的人。一个有信仰的民族，才能顶天立地巍巍然。

这醉鱼草，是鱼的一杯野果子薄酒。喝了后，东倒西歪，摇摇晃晃，一时间找不到水晶宫的大门。

这醉鱼草，是我童年记忆里的一杯乡愁，性温，有毒，忍不住要偷偷地喝一口，却不曾想，一喝就喝上头。

蹚进心里那座桥

如果是一个繁华的都市，如果是一架闻名的桥梁，不管是自然消失还是人为消失，都容易引起人们的重视，留存下许多珍贵的历史照片，可它不是，它只是山旮旯里十几户人家的小村庄，只是小村庄通往外界的几根木头搭就的一座小木桥。

"囡，水涨太高了，往回走吧……到伯父家里去住……小心点……"父亲在桥的那头，把手卷成喇叭状声嘶力竭地喊，苍凉而酸楚的声音，被浑浊的山洪一浪一浪淹没——连同那座小木桥。我背着小书包，站在小桥的这头，任由风雨打湿我的衣服，也打湿我的感伤。委屈、倔强、沉默，然后磨磨蹭蹭，一步三回头，泪眼蒙眬往回走，直至看不到父亲翘首顾盼不停换位最终无法看到的身影。

村叫下背村，从下背村来的人，当然叫下背人。"下背村，'下辈'人……叫我爷爷……"调皮的男同学们总是拿这个取笑，于是，我固执地把"下背"改成了"河背"，父亲说：你把地址写错了。我说：哪有，在河之背，谓之河背，多好。父亲笑笑，不置可否，而我，将河背使用成一种习惯，把一厢情愿当成理所当然。不仅在我所有的通信记录与文字档案里，也在我身边的所有人里。

当然，不管是"下背"还是"河背"，互联网上都不会有这个小地方，甚至连县市区的地图上，也不占有一个小红点。可它，确确实实是我的故乡。生命历经不惑，家亦几经搬迁，从村里搬到镇里，再从镇上搬到县里，然后再搬到市区，何谓故乡？每每梦回，每每泪湿眼眶，定是那灰头灰脸的几间简陋瓦房，和那一条风雨沧桑的小桥。

清晨起床，不用闹钟，小虫小鸟们伸伸懒腰，打个哈欠，就能把我从床上唤醒。推窗，清新的空气，明媚的阳光，还有母亲蒸炖土鸡蛋的香味，全都一骨碌地与我拥抱问安。小朋友们呼东家喊西家，相约在路口，然后叽叽喳喳，摇摇晃晃，在家长的目视下，依次跨过小木桥，爬上小山坡——坡上是一条丝绸一样柔软的大马路，而在大马路深深的那头，便是我们渴望求知的小学堂。

可不是每天都有这样轻松愉快的好心情，天气，是孩子与家长们的晴雨表。

最害怕夏天的暴雨，只需三两小时，温顺的小河流就变成气势汹汹的怒涛浊浪，穿云裂石，震耳欲聋。原先十几米宽的小河道，一下子变成三四十米宽的大江，浩浩荡荡。立在桥头，一筹莫展，我知道，我又要落下功课了，这里又成了与世隔绝的桃花源。

最揪心的是梅雨季节，淅淅沥沥的雨水，在不知不觉中，便把小桥淹得若隐若现。五六个甚至七八个家长，有的站桥头，有的站桥尾，拿着竹竿，撑起简单的围墙。其他的家长背的背，牵的牵，拉的拉，把我们这些"小鬼"一个个送到河的对岸。过桥的时候，家长们总是一而再地提醒，脚不能抬起来走，要用十个脚趾紧扣桥板，贴着桥面移动。因为水的冲力很大，稍一抬脚，便会失去重心。

一次，快到桥头的时候，我一放松，便被卷入水流，一屁股滑入桥下。虽然父亲眼疾手快，快速把我从水里拎了出来，但所有人已是被我吓得不轻，包括自己。水，至此与我无缘。在水边长大的我，无论如何也学不会游泳。

冬天的小桥也是让人担忧的。特别是霜雪天气，桥面窄且滑。天未亮，父亲便会打着手电筒，夹着一堆稻草，把桥面先铺好。学校离家有五里多的路要走，冬天天亮得迟，打着手电筒，孩子们大手牵小手，如蚂蚁般成群结队过河便是常有的事。远远望来，定然美得如夜幕苍穹下的一群萤火虫。

每次出不去上学或回不了家，被雨水堵在桥的这头或那头，我便会站在小桥不同的两头狠狠发誓：我一定要走出这座小木桥，我一定要离开这个鬼地方。我不知道我的那几位上学的同伴是不是也如我这般？

直至有一天，我以打工的名义真的离开了这个鬼地方。一年，两年，三年……我为自己的理想拼搏在故乡的远方。

父亲说：囡，家乡二级水力发电厂又开建了，你赶紧回来吧!

父亲说:囡,政府已发文,二级水力发电厂招收若干名因库区土地被淹没的"土地公公",这可是"铁饭碗",抓住机遇,赶紧回来!

父亲说:囡,我身体不行了,你再不回来,可能就见不到我了!

父亲说:囡,你真不回来,就当我没生养过你好了!

我终是抵不了,泪浸家书。丢开繁华的都市可爱的朋友,丢下几年辛辛苦苦学习并略见成长的工作,跌入了故乡的"情劫"。

我牺牲了所谓的理想,轻而易举地端上了"土地公公"这"铁饭碗",热泪盈眶。

站在家园的废墟上,我看到,那些我热爱的书本,没了色彩没了封面,被裸在阳光下,对着我强颜欢笑;那个曾经让我拥在怀里的布娃娃,被遗弃在石缝里,灰头灰脸;那片曾经种满指甲花的小花园,只剩下一堆枯黄的杂草,瑟瑟风中。家,只剩一道泥土夯成的破墙,长着青苔,爬着藤蔓,晃着青光,在风中呜咽……我坐在废墟上掩面而泣。

一直以为,我再也不愿踏进这条小木桥,一直以为,我再也不愿回到这个"鬼地方"。我不知道,为何一贴近它的心房,它会牵动我的神经,鞭笞我的心灵,砸碎我的虚妄,给我带来如此的悲伤。

父亲说:囡,你若真的不开心,做一两年,停薪留职走吧,找你自己想要的……

父亲啊！

我曾是多么想走出这座小木桥，离开这个"鬼地方"，一年，两年……我已失却了选择的力气，直至库区的水，把故乡全部埋葬，连同我那无情的愿望。

没有断桥的凄美传神，没有剑桥的唯美浪漫，没有乌篷船的婉转清丽，甚至，它连一张发黄的照片都没能完整留下。然而，正是这几块石头数块木板搭就的一方简陋，教会了我一方责任一方担当。

父亲，现在我终于可以心平气和地坦然面对这座桥，不管它横亘在心里，还是埋葬在库区的水中央。

台风未命名

"你们先去睡一会儿，我守着。"

父亲携声音迅速从门口侧身而入，回头把风雨从身后堵上。蓑衣斗笠上的雨滴，顺着一股风势，劈头盖脸地砸向墙壁上早已发黄的镜框。母亲赶紧捂紧灶台上的煤油灯盏，蓝色的火苗在玻璃罩里晃了晃，吃力地挺直了虚弱的身子。

灶间泥地上瞬间积了一摊水，父亲站在水的阴影里，脱下雨水淋漓的蓑衣斗笠，燃起半截潮湿的烟，忧心忡忡："不知道田里的水疏通得怎么样，那些刚放进去的鱼苗这次肯定都没了……河水已经漫过'地主佛殿'了（村口大树底下有一个石头砌成的佛殿，供村人逢年过节烧香祭祀朝拜），后门小溪的水也很大。囡，你们睡觉的时候，要稍微警醒一点，不能睡得太沉。"

黑夜笼罩，风雨交加，山洪的声音响裂山谷、震耳发聩，不时有树木被拦腰折断的撕裂声，听得人胆战心惊。不知是哪家窗台上的脸盆还是鸡饲盆，被风吹得一路哐哐当当，蹦蹦跳跳，仿佛还能听出一丝人间烟火，最后，连狗的狂叫也被大自然的轰鸣淹没，整个村子，除了屋里一丝灯光的微弱，几乎没有一点生的气息了。

风雨像一头发狂的狮子，撞墙揭瓦，雨水沿着缝隙直往屋里潲，木屋子在风雨中摇摇晃晃。

老屋共有三间。左屋一楼是灶间，二楼为父母卧室，中间一楼是饭厅，二楼前面是孩子们的卧室，后面是爷爷卧室，右屋一楼是杂什间，二楼是孩子们平时学习玩耍的地方，有半边是没有墙壁的，只用竹篱笆围着。父亲说，当时伯伯分家的时候，把最右间屋子拆走了，那半边的木墙壁自然也拆走了。因为右屋靠山傍水（小溪），所以，一到台风天气，父亲就会要求我们转移到左屋。也正因为山水相依，右屋这一边便风光独好，篱笆在我们几个孩子时时推挤攀折下，渐渐洞府大开，风光泄露。父亲干脆拆开半墙的篱笆，只在底下加固一些木条，亭台楼阁应时而生。

温和的小溪涧一遇到暴雨，就变成一条一米左右宽的小瀑布，清灵灵从半山腰上倾泻而下，白色的水珠子直钻篱笆，侵入孩子们的领地，清凉一片。特别是雨止天晴的时候，趴在篱笆边上，看水雾氤氲，山色空蒙，绿叶葱翠，更有小鸟叽叽喳喳，攀枝越树，忽而轻盈，与房梁窃窃私语，忽而高亢，冲入林子深处，无不激起我们黑白童年的欢快。而父亲担忧的山体滑坡，在我们孩子心里，是激不起任何恐惧的。

小溪边上还有一株野生杨梅，每到台风季，刚好是杨梅成熟的时候，溪水飞溅，粒粒杨梅似一个个红灯笼，高高悬挂于绿树丛中，粘着水珠，粉的晶莹，红的剔透，让人生生地直咽口水。待到小溪的水退去，人可以跨过去摘的时候，那些红，便摇摇晃晃，轻触即落了。

每次风狂雨骤，一家人挤在左屋灶间，谁也不愿意去睡。父亲是不能睡的，时不时，他要到屋前屋后巡视一番，探看险情；爷爷是不会睡的，在大风大浪当前，他觉得自己理应是要坐镇的；母亲是不愿睡的，在这个黑灯瞎火的夜晚，她是要为出出进进的父亲守着那一盏灯的；我是个胆小如鼠的姐姐，早已被这样暴风疾雨的黑夜吓得心惊肉跳，哪还会有什么担当！父母亲总让我陪弟弟妹妹先睡觉，我常常是左手端着微弱的煤油灯，右手挡着风，战战兢兢地领他们上楼，他们还没脱衣躺下，自己早已一溜烟地钻进被窝里，敛声屏气，连灯都不敢起身吹灭了。

当然，这种暴风雨之夜不会持续很久，第二天基本上便是云白风清。推开窗户，前门河水滔滔，屋后鸡鸣狗叫，到处柳暗花明。因为村子地处狭窄山谷里，每次台风，除了水田里鱼苗偶有被水冲跑之外，吹折几棵树，吹飞几朵花，是算不上什么损失的，甚至还带来美味的收获呢，比如，满满一桌的小鱼小虾。

第二天河水还是会暴涨浑浊的，村里人会趁这个时候到河边去捞鱼，我也拿起一个小网兜，跟随在父亲屁股后面，沿着边上的水草轻轻兜转，小鱼小虾小螃蟹小螺蛳，总是会误打误撞，多多少少被捞起一些的。当然，捞起的不仅是餐桌上的美味，还有那一兜又一兜暴风雨过后的轻松愉悦。

生命之美源于自然，它总是会以各种形式，让你感知天地的敬畏与谨慎，生活的悲壮或饱满，日子的惊讶及惊喜。

有一次，弟弟捡回家一只受伤的小松鼠。一开始，小家伙瞪着圆圆的小眼睛，惊恐而戒备，只是苦于腿脚摔断难以挣扎。全家人授以屋粮，动以真心，奶粉糕点，酒精伤药伺候时日，小家伙慢慢痊愈了。当我们打开笼子，想让它回归森林时，这小家伙居然在我们身上爬来爬去，舔舔他的手，嗅嗅她的衣，不舍得"归家"了。几次三番之后，父亲把它拎到对面山林里放归。没想到几天后，它竟然找回来了。它是在我们吃晚饭的时候出现的，爬坐在屋梁上，"吱吱"地陪伴着我们。待我们饭后，它才滑下房梁，与我们一一亲近，然后频频回首，消失在山林里。如此反复，有数月之久。每到暴雨天气，它会提前出现在对面的杨梅树上，冲着我们尖叫嚷嚷。我想，生命是有同等感知的，小家伙肯定在提醒我们台风来了要注意的事项吧。这是童年的我与大自然最亲密的交流与共处了，这是大自然最悦耳动听的声音了，这是大自然最唯美的精神现场了。小家伙已然成为我们家的一个成员，成为村里饭前饭后一个神话般的热点话题。直至数月后它无声无迹地消失。我们牵挂着，疼惜着，也不断地修复着。父亲寻遍了周边的山前山后，父亲说，小家伙不知道是不是误吃老鼠药了，还是又受伤了，得找到它，才安心。

夜深了，台风在窗外低吼，一阵又一阵，我知道，它叫"灿鸿"。每次台风来临之前，各类新闻媒体、网络微信圈都会大动声势，提前做好各种有声有色的宣传，即便调侃，也被编排得有滋有味。打开手机电脑，你就能看到每一场台风登陆时的现场直播，它们有各种好听的名字——莲花、杜娟、悟空、玉兔……它们以各种形式登陆，凶险的、狂暴的、温和的、幽默的、突发的、忍耐的、强硬的、诡异的……

而我心里的台风，是没有名字的。

那些抗洪的英勇事迹，抢险的英雄儿女，慈善的捐款捐物，他们，她们，已经写了又写。年年抗台，年年感恩，感谢这些正能量，已成为我们生活中的常态！那么，就让我写一写这些没有名字，没有来头的台风吧！这些台风，与台风中的人与事，估计你是没有遇到过的。在那个点煤油灯的年代，当然也没有各大媒体网络的争相告知，有的只是一个破广播，这是村子与外界的联系。父亲也订了报纸，但只订《参考消息》，而且要迟几天才到的。台风的信息，那时候也叫天气预报，基本上都是爷爷从广播里听来的，于是，爷爷就会走家串户地去提个醒。

其实，我也早就忘了是哪年哪月的事了，但这又有什么关系呢？随着岁月的久远，我发现，它们在我的心里头，却是一次比一次地清晰起来，尽管它们从未被命名。

老屋·老爸

> "海畔尖山似剑芒，秋来处处割愁肠。若为
> 化得身千亿，散上峰头望故乡。"

——题记

老屋有三间，掩藏在青山秀水间。老屋很老，是爷爷盖的老爸修的，方块石头垒的墙，长条木板铺的地。老屋很老，但很干净，屋前屋后总是春花夏柳，秋菊冬梅。老爸很爱花，更爱养花，我有幸，总是生活在芬芳的花丛中，没有太多的同伴，却享受着别人没有的鸟语花香。

老屋有点孤独，但里面的生活并不寂寞。妈妈每天都会把屋子打扫擦洗得很干净，上楼进房间都得脱鞋，这在农村，或许是绝无仅有的。不管是炎炎的夏日，还是寒冷的冬天，我都可以尽情地在老屋的地板上翻腾，出来依然清清爽爽、干干净净，而不至于会如其他的孩子一样，尽是泥巴污垢与鼻涕。

老屋有我的一间屋，老爸在里面整整齐齐地糊满了各种各样的报纸杂志，有《人民日报》，有《参考消息》，还有一些忘了名的杂志。老爸说，原木有些粗糙，不如在上面糊一些文字，有事没事你可以在上面认认字。哈，真

的是这样，我也很欢喜。东南西北，四周看完了，我就会看屋顶。搬一张高高的长凳，站立在上面歪头看，看得眼花脖子酸，还乐此不疲。三两月后，"世界"周游完毕，报纸杂志也会渐发黄，老爸就会给我换换新。还别说，这还真的让我认了不少字，学了不少事。从此，老爸爱上此"行"，并如我乐此不疲。

老屋有我的一块地，里面开满各种各样的小花，有指甲花，有牵牛花，有月季花，有金针花，有各种颜色的菊花……还有许多忘了名的小野花，当然没有名贵的花。老爸不参与，任由我打理。我不怎么会养花，除了浇水拔草，别无其他赐予。但小花很顽强，好几次叶萎花落，经老爸"指点"，她又能摇曳生姿，春花秋月，活得颇滋润。老爸说：人如花，花如人，你养养花，想想人。一个大清晨，我摘下了花园里最艳一朵黄菊花，欢快地送与老爸，老爸笑笑，挡住了母亲的责骂，事后我才知道菊花的意义。真没想到，若干年后，事情却会变成真实！

老屋门前有一条河，清澈的水，光滑的石。"水至清则无鱼"在这不成立。虾儿肥美，鱼儿鲜嫩，还有那横着走路的螃蟹，都成了我们餐桌上的美味。每到天热时，河流便是我们嬉闹乘凉的好去处。我在河边长大，却是不谙水性，老爸常常端着我的下巴教我游泳，我却总是自己把自己吓得惊叫连连。老爸总是取笑："我这妞呀，就是秤砣一个，一下水就沉。"还有一种游戏，就是用树枝抓小虾。在水里游玩结束的时候，老爸就把一根长满叶子的树枝放到浅水里，应该是某种桉树枝，拿一块石头压住，等到第二天傍晚的时候，老爸去河边轻轻地搬开石头，然后把树枝拉上岸并抖动，沙地上便满是活蹦乱跳的小虾等你捡。伴着那落日的余晖，这种游戏真令人陶醉，我和老爸总是玩得津津有味，乐而忘返。

老屋里有一个破广播，记忆深处，每到晚饭时，广播就会响起。爷爷拿起一杆长长的烟袋,吸着他自己种的旱烟，坐在广播底下开始享受。爷爷打过游击玩过命，面容俊朗性格刚毅。我喜欢偎在爷爷的怀里听听广播，喜欢爷爷那长长油亮的烟袋，喜欢听爷爷讲他年轻时的故事。捣蛋时，爷爷会俏皮地把浓浓的烟圈吐向我的脸，笑容便瞬间在白色的烟圈中荡漾开来。老爸在边上笑看我们祖孙俩的幸福，满足的笑容溢满老爸那张英俊的脸和我们平凡的屋。

老屋里没有多少书，《毛泽东选集》是年幼时我看到过的最厚实最精装的书，虽然没用心地去读过，却是用心去保存，不忍令之蒙灰。《苦菜花》《敌后武工队》我翻看了好几遍，至今印象还深刻。还有一些电影明星杂志，另有一些关于台湾省的画报。画报很精美，可我当时总是很纳闷，纳闷这么漂亮的画报为何不可以和别人分享？老爸从不选择书，只要是书，他都会拿给我看，甚至《西厢记》。老爸说，没有绝对的，只有相对的，坏的东西，也有好的一面。当时不懂，如今已悟！

老屋很落后，记忆时的老屋还点着可怜的煤油灯和蜡烛。我的屋里有一漂亮朱漆床头柜，它的功能就是摆放我那少得可怜的书籍。一天晚上，我在床上看着书看得睡着了，第二天早上醒来时，床头柜上出现了一个黑黑的"天坑"。老爸惊然失色，还好还好，下次要小心，下次要小心……语无伦次的交代里全是心疼与心惊。从那以后，每晚老爸都会在我的门前来来回回好几趟，叮嘱我熄灯，看到我把灯熄了，才会安心去睡。也是从那晚后，老爸给我做了一个铁的灯台，他一定是怕我夜晚睡着了会燃了自己。而我，却总是和老爸玩起猫捉老鼠的游戏。他来敲门，我就会熄灯，听到他走开了，又会把灯点燃，继续读我的书，感受书中的趣味。

印象最深刻的是老屋突然通了电，那一种喜悦，至今还能感受。来安装的全是老爸单位的同事，老爸说：这是我女儿的房间，你们电线要拉得漂亮点。叔叔们真的很给力，没想到电线还能拉出各种花样，做得如此美丽。老爸说，两个小时可以搞定的工作，叔叔们做了一整个下午。当时年幼，不懂言谢，而今感恩，愿好人都长寿！电灯亮起的瞬间，我的心在飞舞。从此，我的老屋总是沐浴在光亮中，包括门前那条河，屋后那座山，还有老爸深夜牵挂我的身影！

老屋老矣，库区的水已将它掩埋在深渊里，我想，它应该已成为鱼儿虾儿的安全栖息地。老爸去矣，已长眠于深幽静坳青山里。水在脚下流，屋在水里住，老爸在山顶静默。静默守望那一屋的欢声笑语，春夏秋冬，日日如故。我的心呀，我的心！依然住有一间屋，亲亲的老屋，面朝大海，春暖花开，沐浴父爱。

铜铃山，心中的桃源

铜铃山，是父亲的山，也是我心中的一个桃花源。

40多年前，父亲军队生涯结束后，他拒绝部队的挽留，拒绝城里的人事安排，甚至拒绝美丽女兵的爱慕，坚决要回到生养自己的穷乡僻壤，走进铜铃山小水电站。一待就待了几十个年头，直至文成县高岭头一级水力发电厂的建成。

小时候的我，像所有的女孩子一样，喜欢黏在父亲的身边，听他讲铜铃山水的故事。山水能有什么故事呢？有，山风、松林、潭穴、云雾、山鸡、猴子等。最重要的是，山里还有一个小型水轮发电站，能将漆黑的夜变成亮堂堂的白天，这对只看过煤油灯、蜡烛与火把的我来说，真是太新奇了。关于这些，父亲能讲一整个童年。每天晚上，讲到累了的时候，父亲便说：乖，现在别问，听声音，听发电机是怎么发电的，一会儿，电灯就要亮起来啰。于是，我躺在父亲的身边，睁大眼睛，听父亲喉咙里发出的"发电机"声音，等待电灯亮起的瞬间，一等等到睡梦中。那个小水电站，便成了那时我心中念念的桃源。

厂里是不允许带家属的。父亲一定是为了圆我的梦，把我与母亲、妹妹带进了铜铃山中。我与弟弟相差七岁，那时候，弟弟还没有出生。母亲抱着只差我一岁的妹妹（妹妹出生几天便落得小儿麻痹症，直至六岁才能站立），我跟在母亲的身后，在林子里捡松果，摘野菜，追蝴蝶……日子虽有缺憾，但一家人相亲相爱。那一段行程，对一不小心嫁入穷乡僻壤而被我与妹妹羁绊在家的母亲来说，也一定是美好的。

生活宿舍离厂房有一段几十米的石头路，父亲有时牵着我，有时背着我，我还能深刻地记着路边一丛丛黄色的野花，每次一个来回，父亲手里便多了一束花。我把这一束捧在胸口，远远地站着，感受那个如猛虎一样卧在地上的发电机发出的轰鸣，捉摸着那些从斑驳钢铁转动中传来的声音，为何会变成亮堂堂的灯光，悬在顶上。当然不会想到，最后自己也会成为一名电力工人。

父亲说，山里有一群猴子，特别通人性，是他工作时间最友好的同伴。父亲会口哨，会学虫鸟叫，孤独无聊的时候，父亲就会对着大山吹口哨，猴子便接二连三从树上飞奔而来，在离厂房最近的那几株上站定，发出支支吾吾之声，搔首弄姿，等待父亲给它们扔一些花生瓜果之类的食品，然后，再一路飞奔而去。我年幼的记忆中找不到猴子，倒是一条大蛇，光临了我们的宿舍，成了我记忆中抹不走的惊恐。

一个晚上，我与母亲待在宿舍里——宿舍是平房，母亲抱着妹妹靠在床头，我坐在离母亲稍远的床中央。蚊帐外面，电炉正烧着开水，"嗞嗞嗞"冒着白气，一条大蛇在雪白的蚊帐上面吐着舌头蜿蜒而行。我不记得我们是如何发现这条大蛇的，我只记得母亲尖叫着连滚带爬，瞬间从床上窜到屋外。我不记得当时大蛇是如何被降伏的——刀光剑影，血溅蚊帐？还是连哄带骗，请出屋外？只记得我是被从厂房里奔赶而来的父亲抱出去的，只记得母亲抱住妹妹吓软在一旁，惊恐地哭泣。

母亲很是奇怪，当时那么小的我，怎会记得这么清楚？

看来，记忆是一件很迷糊的事。有些事情正在发生着，我却在回头之间，便忘得一干二净。有些事情年代久远岁月发黄，却如黑白照片印刻在脑海深处，随着时间的流逝，反而越来越清晰起来。

有一段时间，铜铃山在我的记忆中空白了，或许是长大的原因，夜里睡觉不需要父亲的陪伴与故事了。但记得父亲每次下班回家，给我们带来的那一包包鲜美的鱼干。那些扑鼻的香味，至今还萦绕在我的味蕾上嗅觉里。钓鱼是父亲的爱好，岩石上深潭边，坐着穿雨衣戴箬笠的父亲，钓鱼竿上停歇着一只薄翼蜻蜓，峭壁上，攀着几只猴子，山风习习，细雨蒙蒙，深潭静默。这，会不会是当时铜铃山中的一幅水墨画卷？

一直到上初中的时候，七八位男女同学，约起来步行铜铃山，这才算是我真正意义的亲近铜铃山。父亲当时还在这个小水电站上班。我事先从父亲那里拿来了宿舍的钥匙，并在同学们面前扬起小得意。我以为，这一顿中餐，能在父亲的地盘漂亮地打发。我们在父亲的宿舍里翻箱倒柜，只找到几粒米与墙头的几株芥菜。为糊这七八张嘴，只能煮青菜粥了。桌子上没有任何调料，只有一袋白色的粉末，我们以为是盐，全部倒入锅中调味。粥煮熟后难以下咽，原来那一包白色粉末，是父亲用来消毒的苏打粉。后来这蠢事，成了同学之间相互戏谑的笑柄。

父亲说，他每次上班只备足上班期间的粮食，即使有剩余的，也会带回家，因为上班时间为十天或半月一轮流，食物久置会发霉变质。

尽管预算打空，食不果腹，但我们的精神是那么饱满——那时我们青春年少呀。我们在浅水里嬉闹，我们对着幽潭发呆，我们对着悬崖峭壁惊叹。这山水，开启了我对大自然的感悟，或是启蒙了我这原始"美盲"，也很有可能，播下了我的小文艺情结。磕磕绊绊，走不完的山山水水，对我来说，只有穷山恶水的概念，生活在山里头的人，是多么向往灯明路平的城里呀！而这一刻，心似乎被山水攥住了。如果说童年的桃源是因为梦幻与神奇，少年的桃源就变得真切实在多了。

老家与铜铃山相距20余里，我生活在大山边缘的一个小角落里，其实并没有真正走进过大山。直至走入了铜铃山腹地，才从心底里发出这一声惊呼。这里有浙南保护得最好的原始阔叶林，千年古木参天，藤蔓盘枝错节，植物葳蕤，浓荫匝地，峡谷瀑布壶穴镶嵌，浅潭深潭重叠相连。耳听蛙鸣鸟叫，眼观虫飞蝶舞，闻花草馨香，涤浊世尘埃，始知书中之桃源，相比铜铃山峡谷，不过如此。

一方山水养育一方人，山里人靠山吃山，靠水吃水。铜铃山以其山水清秀，养育了文成人民古朴淳厚的民风，以其洞天福地，开启了文成人民绚烂多姿的生活。1996年，铜铃山经打造开发，成了国家级森林公园景区。景区内短尾猴、穿山甲、娃娃鱼、七彩山鸡等国家一级、二级保护动物多达数十种，国家重点保护的珍稀树种更是多达几十种。

随着我国生态环境保护与建设力度的加大，山中那一个古老小水电站，被废弃停止，但保持原貌，落在原址，成了园区的一个景观。小水电站原来的职工被合并到了文成县高岭头一级水力发电厂。

想起刚好在我读高中那几年，父亲厂里有几位老同事都提前退休，将工作以"顶职"的方式给了孩子。母亲建议父亲也提前退了，把工作给我。因为弟弟还未满18周岁，怕到那个时候，顶职一事"黄"了。父亲权衡再三，拒绝了母亲的要求。父亲认为，女儿迟早要嫁出去的，即使考不上大学，择一个好人家，也能嫁到城里去。儿子如果读不好书，又不给他留一个"饭碗"，那他只能待在深山里，做一辈子的农民了。

　　后来，未等弟弟满 18 周岁，顶职一事就真"黄"了。父亲在母亲的埋怨声中也是懊悔不已。有因缘的是，我们姐弟俩，又以各种形式，进入了高岭头一级水力发电与二级水力发电站，接替了父亲的职业，延续了父亲的心愿。铜铃山，以山水桃源的形式，驻进父亲的身体里，并在他的血脉里得以延伸。深潭授之以鱼，并授之以渔。父亲如果泉下有知，也该释然了。

　　一直以为，父亲心中的桃源与我内心的桃源是有出入的。当时，我是在父亲的"高压"安排下，极不情愿地走入大山进入高岭头二级水力发电站的。我倔强我叛逆，我的灵魂，总是跃过逼仄的山沟沟，飞向轩敞开阔的世界。而现在，终于与父亲气味相投，故乡的山水，故乡的人情，故乡那令他人望而生畏的寂静，都变成了我心底最念想的。

　　愿岁月静好。因为安静，所以安心。

西山鼓词

　　江南，温润清爽，在每个人心里，或许都会有一份或深或浅的眷念，或多或少的神往。细雨小巷、青衣油伞、斜风细柳、池塘春暖……江南，是我心底的一份柔软。喜欢江南恬静素然的优雅，当然，柔软于心底里的，还有那一曲吴侬软语，评弹说唱，谓之曰：鼓词。

　　温州鼓词，俗称"唱词"，是流行在温州地区的一种说唱曲艺。旧时多以盲人说唱为主，内容取材于民间传奇和历史小说，用温州方言表演，通俗易懂，雅俗共享，具有浓厚的地方色彩和独特的艺术风格。是华东和浙江省民间曲艺的主要曲种之一，素有"浙北评弹，浙南鼓词"之美誉。温州鼓词已有 300 余年的历史。

　　张棡有《杜隐园日记》载："晚，是处搭一戏台，悬灯结彩，雇一盲人唱《陈十四收妖的故事》。台下男女环阶坐，听者不下千余人。少年妇女浓妆艳服，轻摇圆扇，露坐至五更始返。"足见，当时，这鼓词可是非常受民众欢迎的。

鼓词有说有唱，以一人演唱为主，也有双人演唱，即"双档"，习惯上称为唱"对词"。双档演唱的，一般都为夫妻。说唱时，行词流畅，音节和谐，长于抒情，善于叙事。音调柔软细腻，带有浓郁的南国民歌风味。2006 年 5 月 20 日，温州鼓词被列入首批国家级非物质文化遗产名录。

鼓词之于我，最深的印象在童年的记忆里。每年的暑假，我都会被外公外婆接到瑞安三姨家。三姨疼我，久居山里的孩子，能时时入城，并能在城里一呆几十天，那快乐，是心里都要开出花来的。喜欢城里灯火辉煌的夜晚，车水马龙的街道，五颜六色的冰激凌，更喜欢每天晚饭后，跟随外公外婆来到公园西山顶，近距离看长亭里一对盲人夫妻鼓词演绎。他们坐姿端正，表情平静，举手投足间一唱一说，一板一鼓。所谓的吴侬软语，就这样行云流水般倾泻而来。

夫妇俩昂着头颅，眼睛半睁半闭着，唱到高潮处，瘦弱的身子，便会跟着节奏一起晃动。唱到情节惊奇关键处，身子一正，筷子一敲，变唱为说，清音圆润，吐词清晰，抒情叙事娓娓道来，我便赶紧屏气收声，生怕一不留神，遗漏了精彩细节。整个亭子里的人，几乎如我一样，神情跟着盲人夫妇的唱词跌宕起伏，或慷慨激昂、抑扬顿挫；或绵言细语、宛转悠扬，唱到感伤处更是扼腕叹息、泣不成声。没有一种声音，能如此穿透内心。有一段时间，感觉自己被外公外婆同化了，迷上了这种余音萦绕的声音，日日西山，日日弹唱，百听不厌。

　　西山顶上，一群小朋友围着花花草草、蜜蜂蝴蝶团团转，而我，更愿意待在亭子里，听盲人夫妇的倾情演绎。农村老家也有唱词，但没城里普遍，唱腔更是没城里的地道。城里的烟火味，较农村的烟火味，也是不大一样的。所以，每年暑假，是我最期待的。期待外公外婆来领我进城，期待冰激凌，期待西山顶上的电影。当然还有那一对在西山顶上，夜夜弹唱的盲人夫妇。

　　听外公说，不管刮风下雨，盲人夫妇都会上场，为大伙儿唱上几段。这该是怎样的一种态度呀！是呀，天地沙鸥，芸芸众生微如芥子。繁华三千，还不是一样终归尘埃落定？何不如盲人夫妇放下包袱，放下执念，用一颗云水禅心，奏一曲行云流水？这何尝不是一种幸福与修行。如今想来，这鼓词，给我带来的又何止年少的愉悦呢？更是一种人生的开阔与体悟。

　　流年似水，岁月模糊了我们的容颜，削去了我们的激情，削不去的，是内心底里的那一份柔软多情。对鼓词的欢喜，一如对江南的爱恋，轻轻淡淡，潜入心底。

　　多少年以后，再次爬上西山，伫立在这长亭里，看飞云滚滚江水，赏翠柏郁郁葱葱，一曲再也熟悉不过的吴侬软语飘入耳里，心，醉了，听着听着，便碎了。转身的刹那，人影空寂，触手可及的风景，徒留清绝明净。唉，流年不再，此去经年，早已物是人非！不知，在生命的那头，外公外婆，还会和我一样地感受？还能听到这心灵柔软的清唱？

童年"棺"事二三

"啊……"一声尖叫，看到一位年轻姑娘在离我几米远的柜台前连连后退，花容失色。

我赶紧起身走向她，看到她惊魂未定的眼神，瞥见柜台里那精致小巧的用来摆设装饰的木雕棺材，不禁哑然失笑。赶紧道歉、解释、安慰，由此，想起了自己的童年。

我的童年在农村。那时候的农村，几乎家家户户的楼上都会摆放一副或两副黑色的棺材。俚语云："三十有副板（指棺材），看你好大胆。"意思是说，人到中年就要准备好一副好棺材，怕有个三长两短而措手不及。

棺材，亦有"百岁"的叫法，即谐升官发财之音，又有长寿百岁之意。世界万物有灵，人类以这种有形的棺材，来寄托无形的哀思，来阐述生命的可贵。从这棺材，也可看到一个家庭的经济状况。农村里普通人家的棺材，是松木或柏木制作的，经济条件稍好一点的，用楠木或柳树。我们家祖辈几代皆穷苦，爷爷的棺材当然最好也仅止于柏木了。

　　爷爷的棺材摆在二楼正堂，前面墙上还供着一个香案，每到逢年过节或什么重大节日，香案上便会点起蜡烛焚起香。我上楼睡觉都得从棺材前面经过，放棺材的地方，似乎笼罩着一股阴冷之气，每一次，我都是撑着胆，惊悚着从棺材前面逃一般地穿过。和小朋友玩躲猫猫游戏的时候，只要他们躲到棺材边上，即使我是知道的，也不会去找他出来的，宁肯认输。

　　我家的米缸在二楼，紧挨着正堂边上的一小房间。有一段时间，妈妈总喊我上楼量米："囡，上楼量两升米给妈妈做饭。"妈妈的这一声喊，简直要了我的小命，但又不能拒绝，妈妈这么忙，我不能不帮忙。硬着头皮，磨磨蹭蹭地上楼，进房间低头量米的时候，总觉得脖子根后凉飕飕的阴影直晃。哆哆嗦嗦量了米，飞一般的速度下楼，米粒从木质楼梯天女散花般零落。下到三分之二楼梯处，看得到妈妈的地方，再赶紧"刹车"放慢脚步，稳住心跳，稳住米粒。

　　因为楼梯上掩盖不住的米粒，被父母亲责骂过多次。委曲自是有，跟父母亲抗议过多次：害怕看到爷爷的棺材。可是父亲母亲总是轻描淡写，傻孩子，只是一个空柜子，有什么可怕的？其实，他们哪懂我的心。现在想想，他们也只能如此回答，要不，这棺材能放哪里呢？总不至于将其搬离家里吧？在农村，那会是怎样的大逆不道。估计爷爷要知道了，说不定要暴跳如雷，伤心欲绝了。

　　被棺材真正吓哭的那次是在外婆家，那一年，我大概十一二岁光景。外婆家的楼上也有两副棺材，摆放在偏屋外挑的一个小阁楼里。有一天晚上，天高月不黑，睡着睡着便感觉天气渐冷，寒气袭来。我感觉外婆摸索起来，在外间翻箱倒柜好一会儿，我好奇，便起身探出脑袋看，这一看不要紧，只见外婆从棺木里抱出一床绸花大被子，直接往我身上盖。估计那一刻，我是哭得声嘶力竭了，外婆说，抱着哄了一个晚上也没能让我睡着。

离开农村，已是我的少年时，城里的家，自然不会再有这样的摆设了。我感觉心情也舒畅了，气息也顺畅了，家里也亮堂了，不用再时不时提心吊胆了。

这棺材，在我童年的日子里，说其如阴影，一点也不为过。很多人都说我胆小如鼠，我觉得，我的胆小与这事，绝对脱不了干系。

我害怕黑暗，害怕死亡，害怕棺材。这种恐惧心理，竟然一直持续到我成年直至持家后。随着年岁的增长，这种一惊一乍的恐惧才渐渐地淡去。而今，面对棺材，不再是幼稚无知的怕，而是骨子里对生命和死亡的敬畏。特别是父亲去世的那一年，我守着父亲的棺材，悲痛欲绝，我只想这棺材就这样摆着，摆在我身边，永远也不要离开。

父亲去世，刚好是在当地执行国家规定，实施火化的前一周，我也因为父亲能全尸入棺而自慰。看来，这种棺材情结，亦是不知不觉，早就潜驻在我心底里了。

古田祭祖侧记

一、上郭车村

山在车外呼啸而过，坐在靠窗边的位置上，放下小桌板，掏出一本书，却不知以什么姿态阅读。想起那本族谱，那些密密麻麻的生命浓缩，行至半途，内心突然间燃起炽烈的寻宗寻根的愿望，想知道自己从哪里来，来了多久了，将要到哪里去？

2018年3月20日，11: 00—16: 21，温州南至古田会址。

三位宗亲来接站。从动车出口到上郭车村仅几分钟车程。道路两旁各种花正开放着，没有花的树也正绿得正好，风浅浅地吹来，花与花，叶与叶交头接耳摩挲有声。

上郭车村位于古田镇之东南首，原叫郭奢村，为王氏上祖法璇公开基之址。全村王姓族亲共250多户1200多人。村庄坐落在两座山体之间的腹地上，动车、高速、省道依次从这腹地穿插而过，东西走向的古田大道将村庄一分为二。房屋沿古田大道依次向南北延伸，大部分是两三层的普通民居。

宗亲王荣丰大哥将车直接拐进了他自己的小院子里，他说，晚饭半小时后才会开始，先去家里喝杯茶。青砖围墙，绿植爬藤，隐隐江南村居别院。远目开阔，茂林修竹，仿佛山那边的一池翠色，正缓缓翻过山墙，流入院中。一杯热茶入喉，大家聊起家常，也没什么客套，好像"宗亲"这两个字里，已包含熟络的成分。他们聊当年的穷苦，聊改革开放后如何做生意发家，也聊浙江人的精明（说自己曾经与苍南人合伙开发小水电站，最终被莫名其妙亏损几百万）。我觉得他们都是会讲故事的人，只是时间太匆促了，否则，他们一定能从我的笔底突兀而出。

晚饭安排在添男丁的一位宗亲家里（村里有一个规矩，每年祭祖，都由上年新添男丁家庭共同承担承办）。屋子是井字形的砖瓦结构，两层，六桌酒席摆在天井当中。16户新添男丁家里的爷爷奶奶正在忙碌，倒是没有看到几位宝宝的爸爸妈妈，后来听宗亲王老师讲，年轻的爸爸妈妈基本上都在珠海深圳广州等地工作，只在过年的时候才回来。每位奶奶的背上都背着一位足岁左右的孩子，刚好可以表达喜怒的年龄，一双双眼珠乌溜溜地围着陌生人转，你逗逗他，便会冲你开心地笑。而这些被我称之为"奶奶"的人，其实也还非常年轻，五六十岁的样子，她们满面春光，倒茶端水，掌厨烧菜，奔跑于厅堂厨房，手脚麻利，没办点来自背上的"压力"。

院子四角散落着各种各样的沾着泥巴的农具，白的红的蓝的儿童车，以及晾晒的花花绿绿的内外衣服。在这杂乱里，竟摆着十几盆兰花，摆得整齐，修得精细，时不时搅动着院子，也触挠着我的内心，有一种说不出来的韵味。

晚饭后，王老师说带我们这些外来宗亲（江西 17 人，四川 3 人，浙江 3 人，江东 3 人）一起去村委办公室走走。王老师是当地的一名语文老师，现退休在家，热心公益事件。上郭车村王氏族谱就是在他的领头下花了数年工夫逐渐完善的。我们这些同祖族亲，也是他通过各种网络途径，召唤凝聚过来的。

办公室宽敞亮堂，桌子上已整整齐齐地摆放着矿泉水与花生，年轻的村主任热情洋溢地主持座谈了关于组建王氏祭祖基金的"圆桌"会议。对刚刚坐了五个多小时动车的我来说，持续两个多小时的座谈稍显长。而这两个多小时的主题，都是这位年轻的村主任在讲如何统一模式交"基金"，如何动员其他外地王氏宗亲交"基金"。其间，进来一位小伙子，站在会议室听了一会儿，与年轻的村主任发生了小小的争执，我听不懂当地方言，感觉蛮惊讶。我认为，今夜适合聊聊祖先，聊聊血缘，聊聊蔬菜与瓜果，即使聊聊远方与诗歌，也比聊"钱"要好。初次见面，气氛略显僵结。

在我渐渐疲累支撑不住倦意的时候，堂兄铁军来电，告诉我们他下高速了。分身有术，打着去接应他的旗号，我与堂兄君巧提前离开会场。

上郭车村位于福建北部，感觉气温比温州要低好几度。此时已是夜里 10 点，冷风飕飕，树影重重，除了村委会依旧灯火通明，马路上已是寂静无人。高速，如一条巨龙盘旋在稠黑的群峰轮廓里，被夜色一点点地吞并销蚀，蛙鸣虫吟狗吠，乡野天籁一片。天空很高，星星很远，冷风从四面八方俯冲过来，从脖颈到裤管，周身被翻找了个遍。

我在想，如果这是在600年前的某一个夜晚，祖先们摇着蒲扇，喝着自家的铁观音（不对，那时候应该没有细分，应该统一叫茶叶吧？）吸着自制的烟草，吧嗒吧嗒，聊农作物聊天气，聊茶园的开采时间，聊那一片片绿幽幽烟草的长势，不知道他们会不会聊到600年后的今天呢？当然不会。600年太长久了。记忆，被日子静置，久了，便生出苔来，甚至连苔都没有，只剩下光脱脱的石头。祖先是早已经失去记忆的，而我们，在一代又一代的记忆里复活他们，精神密码代代相传，血缘基因，借助清明，有生生不息的燎原之态。

第二天早上7点整，全村出发祭上祖。

王老师说，春分祭上祖，是祖上定下来的规矩，延续几百年不变的习俗。因为春分过后就要播种。先祭开基祖与远祖，然后再分房祭各房的祖先，再各家庭的私墓。福建地区祭祖的仪式比我们温州文成老家似乎要隆重些。

车队如龙，一路浩浩荡荡。翻山越岭，走小道过村庄，两个多小时后，至太拔——上祖法璇公墓地。祭祖活动由王老师主持。人手一支香，三鞠躬后，王老师开始领读家训，再一一报上这次来祭祖的各支宗亲队伍，每报一个地方的宗亲，大家便深鞠躬一下。山风猎猎，居高临下，山梁间那一片油绿绿的烟草地，仿佛正燃起熊熊烟火，祥光凝瑞，香火传远。

中饭过后，祠堂的香火味逐渐散去，人群也渐渐退去，祭祖活动结束。清明，在族人们的相互道别祝福声中离场。我们仨兄妹拿出六千元，作为此番祭祖的随喜。没有买到红包，就这么裸裸地捧给，一如这段文字，只是记录，存档，无须装扮粉饰。

二、夜宿永定土楼

进入永定城区，车绕过转盘，路口，一饭店老板娘向我们热情地招手。堂兄铁军直接把车拐至她店门口，"下车，吃完饭再去土楼"。

族人重肉食轻菜蔬，在上郭车村两餐吃下来，人已腻得不行。我们告诉餐馆老板娘，只管烧各种青菜竹笋豆腐鱼，不要一丁点儿的肉。掌厨的老板快活地应答着，也不做任何的建议。这是两间敞开的三层民居，炉灶对着大街，老板将炉灶开得呼呼响，活也是干得呼噜呼噜响。

吃完饭，老板又特意为我们泡上了一壶茶，邀请我们喝一杯。茶具摆在炉灶后面靠墙边的一张长条桌上，空间位置不大，老板脱下围裙，挤坐在上首，为我们清洗着茶具。水壶发出"呜呜"的鸣叫声，应和这盛情。老板说，再过半个小时，土楼的保安就下班了，你们坐下来喝一杯再走，即可省去门票，直接进入了。我们有片刻的恍惚与不适，但天时地利人和，不是吗？

土楼离城区 12 公里，车未到景区门口，有一年轻人骑着摩托车追在后面叫，问我们是不是温州来的，是不是要住宿。我们摇下车窗，觉得很纳闷：你怎么知道的呢？他笑着说，刚才他的餐馆朋友给他打电话了，说是一辆浙江牌照的某某车，夜里要入住土楼。听得我们仨一愣又一愣的——福建人真是会做生意啊！

我们跟着他的摩托车，去他的土楼客栈。夜黑乎乎的，车在山里走，完全陌生的感觉，却有一些这么热心的人相互接应，堂兄君巧开玩笑，不会把我们带去卖了吧？

这是一间已经被整改过的方形小土楼，楼前一露天大院子，停着各式各样的车，拾级而上，是大堂，摆着一张巨大的实木茶几，再进去，是一方天井，左边是厨房餐厅，右边是仓库，餐厅里摆着一张麻将桌，桌上的麻将散落着，另一桌有四人正在晚餐。仰头，四四方方的天空像悬在头顶上的一块蓝色幕布，四周灯笼挂得高点得红，旧旧的木结构梯子，一脚一脚踩上去，发出"咯吱咯吱"的声响，一只花猫从脚边一窜而过，有一种温暖舒适缓缓从四周包围过来。

他说，这里是他的土楼旧居，让我们先看看，如果不喜欢，再带我们去新的宾馆。就这里了，就这里了，我们甚至都还没有进入到房间看看，便在楼梯上异口同声应答。想来兄妹们的喜好大致是相同的，内室虽然简陋了点，但来土楼还是要住一住的吧。

这位年轻人听后一脸轻松，他交代："今晚你们好好休息，明早早点起来，土楼8点之前是不用门票的，到时我老婆会提前来带你们进土楼，并给你们讲解，讲解费60

元钱，我老婆在土楼上班，是土楼的正式讲解员……"有什么不可以的呢？短短两个小时，所遇的服务照应之妥贴、之暖心，似乎是活这么大岁数还没遇见过的。那么，他说什么便是什么，都依了。

只是，这早起躲票，夜里逃票，偷鸡摸狗不太光彩的事，并不是我们兄妹所想的。但这天时地利的，便顺应了人和。

我们放下行李，准备先出去逛逛，看看周围土楼夜里的景色。没想到这位年轻的先生非常严肃，一而再地提醒规劝我们，说楼外有一位男性精神病患者，长得五大三粗的，正在发病期，见人追打，夜里最好不要出去。这更增添了我们要出去转转的决心，他哪里知道我们的心思呢，而我们，又哪里知道他的心思呢。

趁着迷离的夜色，我们在外面简单走了走，他陪着我们，寸步不离。然后，他提议，夜里真没什么好看的，不如去他家里喝杯茶去。

他老婆是贵州人，我觉得贵州姑娘都是很勤劳精明的。她很客气地招呼我们，脸上挂着标准的微笑。他的妈妈讲客家话，普通话讲得含糊，我们听得不甚明白，但媳妇与婆婆交流得很是得心应手。儿子只是端坐着，一直酣（不是憨）笑，偶尔插上一句，补充说明。看得出来，他们相处得其乐融融。

我们在他的茶室大概坐了半个小时，喝了三款茶。我没记得喝的是什么茶，只记得他老婆换茶如跑马灯，晃得人眼花。每一款茶只冲泡两次，杯里的茶还没喝下，还没来得及好好回味，第二款第三款茶又来了。她说，茶是她自家茶园的，采茶工人都是从她娘家贵州请来的，300 元一天，因为当地每家每户都有茶园，采茶时节是请不到当地工人的；她说，这类茶只有土楼有，你们在别的地方喝不到这样子的茶；她说，他们贵州也有茶，但做法不一样，没有这里的茶好。我们哼哼哈哈应和着。这茶不知道真的好不好，反正我的味蕾没记得。

姑娘讲得很热心，很熟练，作为导游，她一定是很优秀的，但作为茶人，到底是直白着急了点，少了点道与艺，这茶，便显得少了点心思，多了点异味。这样子，即便好，也是失去了原味的。最终我们仁匆匆起身回土楼土房，说了句"土话"——以后有需要再联系。姑娘脸色讪讪，但终究还是客气的。

我以为，有茶的地方，时间总是会慢一点的，身心总是会舒展一些的。姑娘语速如流水，如果在水中放几颗石子或一截腐木，挡一挡太过的流畅，意境会不会更好一些呢？可是，她还是太年轻了，长袖善舞，这半个小时，一不小心就被她讲完了。剩下的刻意，是茶水无论如何也遮盖不了的。

那些简单朴素的东西，似乎越来越少了。你是花钱看景的游人，你进入的是需要门票的景点，而非自然之景，与你交流的是商人，而非纯粹的向导。你的初衷与对方的目标背道而驰，最终，你只是走过了，拍几张照片赚吆喝罢了。而真正能留在内心的美好，却无论如何也吆喝不出来。民风淳朴风景优美，不应只在陶渊明笔下的桃源与梦境里吧。

三、相约振成楼

第二天晨曦初绽，姑娘便已约等在楼下，领我们走向"土楼王子"振成楼。

振成楼又称"八卦楼"，占地约 5000 平方米，在洪坑土楼群中鹤立鸡群。晨色青翠，远远地看，振成楼仿佛一顶威武霸气的帽子，又像一只刚从黄土地里冒出的大蘑菇。近了看，夯土筑成的墙上坑坑洼洼，布满岁月的痕迹。

其实，昨天夜里我们就已经近距离地走近过它，就已经被夜色里的那个"庞大"建筑所震撼，更被楼里那种明媚妥帖所陶醉。昨夜跨进振成楼的时候，一位大妈正站在回廊上刷牙，对我们几位的陌生的闯入者，只抬眼瞥了一下，脸上风平浪静。现在我们跨进大门的时间，亦正是楼里居民晨起的时间，他们站在自家的回廊门前，或刷牙洗漱，或举杯饮茶，或穿衣抱娃，神情怡然，完全没有被我们这些匆匆的脚步与夸张的惊叹所打搅。什么叫岁月静好？就是这一幅温暖的生活画面。

就近楼梯入口处，挂着一个红色牌子，上面写着"禁止登楼，违者罚款 500 元"。我们听从姑娘安排，每人给守楼梯的老人 10 元，拾阶而上。白天的土楼与晚上的土楼是有些不太一样的，它让你看到实实在在的时光之美，智慧之美。木楼梯与扶手经过岁月的抚摸与沉淀，形成温润的包浆，焕发着时间之光。粗壮的木柱子沿着回廊排列，搂住岁月长暖的清辉。青灰色的瓦片匍匐着，素雅而舒展，瓦片上挂着薄雾，吞吐着生命的气息。瓦楞上苔藓黄绿青翠，一堆堆，一簇簇，一片片，一排排，昂着头，仿佛正竖耳倾听我们上楼的轻轻的脚步声。

土楼外观庞大豪华，其实内室简陋，居室的面积很小，墙厚，加之弧形结构，使之楼层越高房间越小，而且隔音效果差，私密空间几无。楼里现在住户不多，大概十几户。姑娘说，最多的时候，楼里住户达五六百人。这么多人聚族而居，一代又一代在这楼里繁衍生息，和睦相处。这种和谐里，透露着客家人最隐秘的美，承载着客家人"耕读传家、崇文重教"的优良传统。

土楼里没有卫生间。住在土楼里的居民，洗澡与上厕所都要到外面去，或者用马桶，生活起居还是非常不方便的。有条件的人，都将房子盖到了外面镇上或买到县城里，没有钱的人，只能在土楼里将就着。当地政府是不支持居民搬走的，也不允许房屋出租出卖。土木结构的房子，没有人居住，空置几年，会受白蚁的侵蚀。政府供给土楼里的居民每年每人500元的楼屋修缮费。姑娘讲，村子里的人，包括他们自己，已经习惯了这种日子，靠着政府补助的一部分，来自景区收入的一部分，自然不会大富大贵，但平常日子过得还是挺舒适的。

土楼被称之为"活着的历史建筑奇迹"，土楼因客家文化而散发魅力。客家人行走天下，移民世界，有学者称之为"东方犹太人"。战乱与自然灾难并没有挡住他们追求理想的脚步，一次次的迁徙，一次次的嬗变，最终成就了客家人的辉煌。上千年的迁徙历史中，他们早已客而为家，从客人变成了主人。他们把兵荒马乱把血腥器械把开拓进取把活着的信念，和着生土，夯筑进铜墙铁壁般的土墙里，风吹不倒，火烧不着，地震也倒不了。他们筑的不仅仅是挡风避雨的屋，更是理想是信仰是文化是传承，是智慧与力量书写的辉煌篇章。

土楼很"深"，仅凭三言两语读不懂，三天两夜看不透。方圆几里之内，是一个小社会，是世外小桃源，是卷曲版的清明上河图，不仅有烟火与温暖，更有悲壮与坚韧。

走出振成楼，顺着鹅卵石铺就的洪坑溪岸，绕河一圈，洪坑村大大小小方方圆圆的建于不同时代的土楼，沿河错落。两岸山野树林青翠，溪流倒影，鸡鸭成群，鱼水相欢，整个村子自然秀美古朴安详。但细看村子里的环境却略显脏乱，与世遗土楼的身份似乎并不相符。屋前屋后菜园空地违建垃圾，没有规划，而一路上好几处土楼空房，断垣残墙，歪歪斜斜，似乎失修年久，更显荒芜沧桑。

在全国各地都把旅游开发做得这么极致的时候，他们为何如此简单？我是敏感的，我能触摸到那些细微的存在柔软的灵魂，但我的敏感仅仅只是敏感，无法完成与文字的完美嫁接。

回来的路上，山在车外转。远远地看——对，那些土楼群，适合远远地看——它们时而紧密时而分散，像一粒粒珍珠散落在翠绿的深山里，美而神秘。

是的，山在车外，城在楼里。

一个人的游思

一粒沙里见世界，一朵花里见天国；手掌里盛住无限，一刹那便是永远。

——英国诗人威廉·布莱克

一朵花的朴素意义

先是一阵风，夹带着一缕香，若隐若现，等我伸长了鼻子的时候，这香，便又俏皮地跑了。

这撒野的香，像是牧场里一群散养的牛羊，在清晨的薄雾里若隐若现，勾起我无数对美的欲念与追索，恨不得奔向这辽阔，与这美拥个满怀。却又不知不觉的，跑了个精光，不知道它到底躲藏在哪里了。直到同事指着那高大乔木说：你看，玉兰花开了——我才发现，三两朵洁白厚实的花，被同样厚实的叶子托着，隐在枝头，悄然绽放。

这是一株广玉兰，因开花很大，形似荷花，故又称"荷花玉兰"。太阳刚刚从山那边钻上来，薄薄的光，打在粗壮的树枝上，给它涂上一层柔柔的情感。我站在树底下惊叹——惊叹这朵刚刚绽放的白玉兰，水洗凝脂，半含珠露，是不是像华清池中令唐明皇神魂颠倒的贵妃呀。

清晨，洁白的花朵被露水朝雾濡湿，饱满而滋润，水灵灵的，悬在枝头上微颤，仿佛刚刚沐浴过的美人，穿着薄绸小褂，甩着一头的水珠，一粒粒晶莹散落在裸露的香肩上。哎，那美，是要溢了出来的。

到了中午的时候，花朵的肌肤逐渐绷紧，少了一点温和，多了一点坚硬倔强，像是小女生鼓着腮帮嘟着小嘴，要生气的样子。

傍晚时分，这小脸儿又逐渐柔软了起来，花色逐渐浓了起来，像羞红着的一张粉面，倚在枝头，看起来特别小鸟依人，让人莫名地心动。

广玉兰花的花期是很短的。刚盛开的第一天，整朵花像罩着一圈圣洁的白光，白得素雅，白得让人感动，白得有点虚幻。两天以后，花瓣的末端，便有一些黄色隐隐约约在那里，再过三四天，这黄，便往深里晕了开来，慢慢地覆盖了白色，一些挡不住的老态便出来了。仿佛女人的鱼尾纹，虽然尽所能用脂粉遮着隐着，也掩盖不了岁月的痕迹。大凡女人，哪一位能经得住时间之河的洗涤呢。

一周左右，这花，便被时间的河流，冲洗得褪去了生香活色，皮肤脑袋都耷拉了下来。花瓣慢慢地萎缩起皱零落，只剩下一副尖锐的颧骨，在薄凉中撑着，估计任何美颜都是不能用的了。

广玉兰的叶子也是极其有趣的。一片片宽大肥厚，革质，长得甚是隆重，与花倒是蛮相称的，都是很瓷实很豪放的样子。它们悬在高大的树上，站在底下仰头望去，像一张张小吊床。那些绽放的花儿，则像是床上的小公主，睡相极其调皮，到了夜里或是凌晨的时候，露水和晨雾让她们沉重而迷糊，一个翻身，有些便从床上一瓣一瓣地跌落了下来。

叶子深绿，泛着天然的黄，黄得很有光泽的样子。起风的时候，一张张离枝的叶子在半空中飞舞着，背景是山里纯净的天空，远远望去，仿佛一叶小舟在海上飘荡着。堆在地上的叶子，被风推着裹着卷着，在坚硬的水泥地上翻滚碰撞着，东倒西歪，仿佛喝醉了酒的样子，发出"哗哗哗"的声响。这声音，乍听一下，仿佛急急走来的脚步声。坐在空寂的值班室，我常常凝神侧耳，这种若有若无，虚无缥缈的神思，有那么一点点自作多情的感觉，也是蛮有趣的。

在我家楼下的住宅区里，也有一株广玉兰，它长得比较高，但枝干纤细，不像厂里那株这么壮，估计是山水的原因吧。广玉兰的边上是一株高大的白兰，白兰花比广玉兰花的香更胜一筹。花开的时候，这奇香，便优雅地攀窗爬墙而来，入鼻入眼入心，直至占据了整间屋子，是躲也躲不开来的。有些人便时不时地拿着一个塑料袋，一根细细的晾衣竿，站在不知从某处般来的一张旧的凳子上，一朵一朵地攀折。仿佛这香还是不够的，非要搬到自己的卧室里才好——这就是所谓的窃取花香吧。这种站在高高的凳子上攀花折香之人，算不算雅致的人呢？我不知道。总之，每次看到这样的画面，我便离他远一点再远一点，心里面总是若有所失的。

而那一株白兰，仿佛并不在乎外面世界对它的态度。

它总是站在原地，认认真真地绽放凋零，绽放又凋零。

　　不管是广玉兰还是白兰，它们的美，总是高高在上。我们在看它赏它闻它甚至攀折它的时候，总是要仰着头，人在花前，不自觉便是谦卑的了。

　　世界万物，都是灵长。我们总能从它的眼神姿态里，看到它的喜怒哀乐。这花，估计就是树的眼睛了吧，或是自然万物的眼睛。每每站在窗前，我总能从一朵花，看懂她含苞时的浪漫，绽放时的喜悦，凋零时的悲凉。

　　"万木的树林里不惯独宿"，缄默的大山里，那偶尔停歇过来的一只蝴蝶，两只长命鸟，几只小蚁蝼，于它，便是可以交流的美好花事，我宁可相信，这是有的。

　　凡对美好，我的视觉听觉，总比嗅觉要好。我能读得懂，这静止的美里面，那一场惊心动魄的浩大。它们对自己的生命是那么认真，它们活在自己的秩序里，不为外界所动。这是大自然给我的体悟，是一朵花，让我懂得了关于生活的朴素意义。

一条"斑马路"

　　走过许多路——山路，水路，水稻豆荚相间的田间小路，牛羊鸡鸭粪便满地的乡间小路，照着电筒伴着渗淡月色摸索前行的泥巴路。如今，好不容易混入城里，走上一条黑白相间的"斑马路"，心中别提多兴奋了——虽然这斑马路处处被限制，太拘谨，不生动。

　　这条路不长，从家到上班的地方。如果以"斑马"计，我数了数，刚刚好 5 条；如果以行道树计，刚好 245 棵；如果以时间计，刚好 45 分钟；如果以道路两旁林立的店铺计，米店、花店、酒店、牛排店、火锅店、服装店、油漆店、茶馆、停车场、社区医院、银行、宠物店、家政服务店、床上用品店、成人用品店……五花八门，应有尽有。

　　出门，拐弯处，是花店，确切地说，是花棚。一年四季，开不同的花摆不同的造型发出不同的香味。每次走到花棚前面，我总是要借故停顿一会儿，或是堂而皇之进去逛一圈，直待陶醉饱嗅，傍得香气许多。

与花棚相邻的是一个露天停车场。如果我回家比月亮还迟的话，停车场的门口，就会出现一个小书摊。一位约莫六旬的老人，弓着身子，认认真真地将旧书端端正正地摆放在一块旧木板上。他的姿势，远远地看，很像一个站久站累了的字。这时，我也会放慢脚步，开始贪婪地看贪婪地闻贪婪地想贪婪地汲取墨香。墨香书香即花香，何需门第？最终都会沁入心里，成心香。我没有任何心理负担，倚着街头的花香，作陶醉状。但我基本不会在旧书摊上买书，我嫌丑嫌脏——我喜欢睡觉前抱着书躲在被窝里亲热一会儿，这些外表破烂脏兮兮的书，即使内里华美，还是影响到我的欢喜欲望。呀，一不小心，就暴露出了自己的小贪婪。

我对这位老人知之甚少，唯一的一件事，是儿子告诉我的。车库紧邻是花棚，儿子说，一次他坐在舅舅车上，舅舅要去花棚搬走事先买好的花，花棚前面不好停车，舅舅便把车停在车库的门口，跑到隔壁拿了花，马上开走。这位老人追过来拍着舅舅车的引擎盖，告诉舅舅要收取停车费 10 元，舅舅理都不理他，呼的一声，把车倒着开走了。舅舅说，一分钟都没超过，只是停下拿个东西而已，这也要收费，还"嘣嘣嘣"，下手这么重，强盗啊？！儿子坏坏地笑，我听后也坏坏地笑！这人，这些人。

五条斑马线，有五个十字路口。每走到一个十字路口，我总希望遇到红灯——我喜欢在每个十字路口停一停，歇口气，顺便看看周围的风景。

第一个十字路口很小，没设红绿灯，只有几步"斑马路",可以忽略不计。第二个十字路口上有一间大大的茶铺,前面空旷地上聚集了各种各样的人——打散工的男人和女人。男人身后都有一辆半新半旧的摩托车,车后面是雨衣、铲子、绳索、铅桶、抹布,甚至小型的梯子。车队如列队,一个阵式摆开来,等待主家来召唤。女人身下都有一个泛白的油漆桶,桶里面是板刷、毛巾、刮刀之类的清洁工具。她们蹲坐在油漆桶上面,集聚在一起,用我听不懂的方言,大声地闲侃着。她们的表情、行为都比我丰富,边说话边嗑着瓜子,还有的打着毛线,有的望着车流发呆,有的时不时咳嗽一下,用力将一口痰吐出很远很远——这时,我不再面无表情,我会忍不住心生厌,恨不得绿灯来得快点。我还发现,总有一位女人,离群体远一些,一个人坐在红绿灯灯柱下,很孤独的样子。这神态,傻傻的,似乎和我一样,想很多的事,发一样的呆。日复一日。

清早的时候,他们看起来都很精神,当某一行人或车辆从他们身边经过稍作停顿时,他们翘首顾盼,眼睛里充满期待。到下午我回家时,他们对行人或是车流已是视而不见。男人聚集在茶馆的落地玻璃前专注地打牌——有蹲着的,有坐着的,有静观的,有嚷嚷的……满地意犹未尽的烟蒂,烟雾拖着长长的疲惫身影,在各个不修饰的脑袋间挤来挤去。女人基本都不在场了,不知道是找到主顾了还是回家做饭了。

茶馆里面有时是一位白首老者,有时是一位儒雅中年,有时是一位年轻妈妈与正在写作业的小姑娘,他们闲适富足的样子。茶香只在室内氤氲，估计是跑不出玻璃门的。而廉价的烟香在室外，总往我鼻子里窜。我忽然觉得，这看似薄透的一堵玻璃窗，其实距离还挺远。

路边行道树长得几乎一个模样。离地部分枝干粗壮，往上两米左右处，开始分岔，顶上枝繁叶茂，一根根伸出的树枝，小手一般，直接攀爬在窗户上，一层二层三层，直到四五层。它们像是顽皮的孩子，一层一层捅破窗纸偷窥屋里的私事。它们又像是忠贞的守护神，一有风吹草动，便伸出稚嫩的手臂，拍打着窗户，向屋里的人报告窗外的信息。这一株株行道树，顺着路的曲线，疏密有致，排列整齐，担当着城市的重嘱。阳光从枝叶间洒下，一点一点，闪闪发亮，像是孩子微笑时露出的一口口洁白牙齿。起风时，有部分色彩丰富的叶子便簌簌凋零，天空飘来一首首诗，地上堆起一首首词，甚至清扫工的垃圾车里，也发酵着一篇又一篇的好字。这是我想要的感觉。我总是想穿过树叶去寻找人们所说的灵感，我总是想在路上借用肚腹编出一首漂亮的诗。诗太急促太暧昧太含糊，默来默去，我总是把握不住头绪。于是，我尽量不敲回车键，短话长说，硬生生把它拼凑成一篇超过诗的文字。

在第96棵树上，第三与第四个十字路口之间，挂着一个精致的鸟笼，里面贵养着一只不知甚名的鸟儿。每次从树底下走过，我都会抬头瞧瞧它。开始，它昂着头，正眼都不瞧我一下。一天两天三天，慢慢地，我不理它了，它却对我有感觉了。每次从它底下经过，它总会俯身斜睨一下我，冲着我叽叽喳喳叫两声。我听不懂鸟语，即使它骂我或是与我打招呼，当然，它是贵族，应该不会随随便便骂人的。我常常是面无表情，但有时也会牵动一下嘴角，皮笑肉不笑。一到阴雨天，它就换个地儿，躲在屋檐下郁郁地看着我，绝对闭嘴不说话。呀，这一刻我很受用很感动。真懂人事呢！看来，笼里的鸟比笼外的人有灵性——它竟然看得懂我的忧伤。

　　再往前走几步，大概是第 202 棵行道树的路段，是一家成人用品店，暖暖的基调。暖暖是什么颜色？说不清楚。说不清楚的颜色，便显得暧昧。两扇玻璃大门上粘贴着几张艳艳的美人照，美人挡道，室内摆设当然若隐若现。一把大大的铁将军，发着峻冷的光，一本正经横在门把上。门把上斜挂着一张普通纸箱上切割下来的黄色纸牌，上面写着营业时间：晚上 6 点—早上 7 点。我路过的时间，刚好都是它休息的时间。牌子在风中翻飞着，叩击着门把与铁锁，发出轻微的呻吟。每次经过门口，我总是好奇，总要侧着头，偷偷往里瞧几眼。模糊的玻璃映照着我模糊的身影，我赶紧挺了挺背——看看身板直不直，步子是不是轻盈，衣着是不是端正——我就这么盯着玻璃门边走边看，直至上半身与下半身成了 90 度的大转弯。这时候的我，眼神一定是不清澈的——因为模糊，需要眯着眼睛看。这时候，如果对面来人的话，一定会惊讶地看着我，一如我看自己的惊讶。

　　我把眼光放到稍远处，那已经是第五个十字路口了。

刚好是木芙蓉花开的时节，大朵大朵粉红色的花，垂挂在树枝上，与绿色行道树默默相对，将车流顺逆分开。那一天，风有点大，我不走路，我驾着车，靠左道行驶，停在木芙蓉树旁等红灯。忽然"咔嚓"一声响，与我相邻的那一棵，正对着驾驶室里我的脑袋，剧烈地晃了晃，我吓得心惊肉跳魂不附体。瞬间，风又助它改变了方向，轰然倒向了道路的那一边。一辆出租车呼啸而过，树干重重地吻了一下车屁股，扬起一股白色的尘烟。我握着方向盘的手开始变得湿滑又僵硬，发着呆，任由后面的车好一阵吼叫。你看，你看，事物不能看表面——这么挺拔的树，能开这么美丽的花，竟然也会出其不意，令人防不胜防。从此，我对任性这个词语，有了隐隐的担忧。

路不长，但一路景色很丰满。路上形形色色的人与事，我专捡丑陋的先看，当然，漂亮的更不落下。四五十分钟，足够我汲取自然天地的芳华，阳光雨露的滋养，我的一些小思想，便如痴如醉开始疯长。一如地面缝隙里钻出的那一点倔强，将生命伏低，年年岁岁呈现，绿意清润，神情安寂，不倾慕，不仰望。

一场文化的嬗变

——记浙江文化创意园

嬗，传也。尧嬗以天下。

嬗，变也。破茧而成蝶。

清人袁枚有诗：夕阳枯草寻常物，解读都为绝妙词。此解读者，定是内心有修养之士。如此，质感很重要。外表光鲜，腹内草莽，估计是做不了解读的。人如此，城市难道不如此？

浙江创意园的前身是温州冶金机械制造厂，20世纪七八十年代的老厂房，一个颓废的制造业，一堆"工业遗产"。曾经是一个城市的旖旎风光，承载了这个城市一段光辉的过往岁月，如今苍凉、荒芜、黯淡、丑陋，挣扎在城市中央。怎么办？怎么解读？

浙江工贸职业技术学院与温州日报报业集团，在政府的扶持下，共同出资创办了浙江创意文化园。对冶金机械厂部分厂房进行改造，赋予老厂房以时尚创意的新灵魂。那块被冷落的土地，那堆被遗弃的"工业垃圾"，经过阵痛、挣扎、蜕变，又开始摇曳生姿。"遗迹"成了创意的新载体，"废墟"成了艺术生长的黑土地，一间间其貌不扬的旧式老厂房里，涌动着全新的艺术气息。

走进浙江创意园，林荫步道，青砖外墙，大块钢铁几何体静默而立，创意、展览、金融、餐饮，各种设施，无不凝聚着年轻人的创新、激情、个性。这是一种直观的艺术，自然、回归而接地气。粗犷与细腻的融合，现代与古旧的搭配，不见旧工厂的噪音与灰尘。LOFT 风格，在这里发挥得淋漓尽致。

园区里琴棋书画、笔墨纸砚、瓯塑瓯绣一一陈列。思珀、左岸、蓝狐、VIVISISI、菜菜头动漫、华巨太合等等各大知名企业的入驻，催生新的文化业态，使园区呈现了惊人的爆发力。

园区负责人说，这是个省级特色工业设计示范基地，是温州市由"制造名城"向"智造名城"战略转变的核心工程，它将促进温州产业结构优化升级并推动温州创新型城市建设的步伐。园区是公益性的，由于政府决策与企业理念的和谐对接，吸引艺术家与文化创意公司纷纷入驻，目前园区共入驻核心创意设计类企业48家，园区每年创造的产值逾1.8亿。

从"制造"到"智造"，从体力到脑力，这是一个质的蜕变。

有一位名家说过：我诅咒废墟，我又寄情废墟。废墟是记忆，是历史，是祖辈创业中的热血集聚；废墟也是毁灭，是无奈，是选择，是诀别。人、城市、历史，都是要有记忆的。

否则，时间要断层。

这种记忆，是一种伤痕，是蝴蝶蜕变前必然要经历的伤痛，是古老的制造工业在现代化的社会重组中，遭遇的不可避免的撕裂与重创。

温州冶金机械制造厂蜕变成了浙江文化创意园，不弃"遗迹"，不忘"记忆"，根植废墟，锈铁开花。这废墟之嬗，亦是文化之嬗，创意之嬗，这种嬗变，是艺术的修养，是本质的升华，也是管理经营者长远的目光。

LOFT 概念始自 20 世纪 40 年代的美国纽约，LOFT 的诞生是源于贫困潦倒的艺术家们变废为宝，今天，作为一种生活方式或者时尚潮流，LOFT 已经完全演变成一种时尚消费。美好的事物是会产生"蝴蝶效应"的，90 年代以后，LOFT 成为一种席卷全球的艺术时尚，文化创意在各大新兴城市如雨后春笋般崛起，一场文明的文化的嬗变正在悄然兴起。

当然，这种本质上的嬗变与表面的嬗变有着天壤之别。这种嬗变，需要用思想内涵作主打，而不仅仅是隆鼻子，割眼皮，填胸填臀，用丰厚物质作铺垫。

如此，花草树木，飞鸟鸣蝉，人情世态，天地万物皆入诗。浙江文化创意园，成为一个文化坐标，一张文化名片，也成了一个城市观光不可或缺的风景。

夜深人静，我呆坐在电脑前，对着茶苦思冥想——锈迹斑斑的铁架子，忽地开出一朵花来，如漆黑夜里的萤火虫，夺目，惊喜———一个地方，有历史有人文，自然有风味有情趣。

好吧，找一个幽静处坐下来，来一杯茶水，可好？

一杯山药进琼糜

"秋夜渐长饥作祟，一杯山药进琼糜。"这是南宋诗人陆游盛赞山药的诗。

山药又叫薯蓣、淮山、玉延等，"橘生淮南则为橘，生于淮北则为枳"，山药也一样，生态环境不一，大小形状各有所差异，叫法也不尽相同。山药含有丰富的淀粉和蛋白质，既是一种普通的美味食材，又是一味价廉且养身的中药。在我的老家文成，门前屋后，田头角落，随处可见山药。一是因为它极易栽培，用文成农村的话说"烂贱分"（方言，意为极其普遍），一着地就能生根，给点雨水就努力发芽，来点阳光就肆意灿烂。

"寻常细微之物常常是大千世界的缩影，无限往往收藏于有限之中！"汪曾祺先生在他《人间草木》里以"山芋"开篇，一棵随手扔在煤堆里的芋头，靠着缝隙挤进来的那一点阳光，默默发芽茁壮成长，摇曳出了无限生机。在汪先生生活与职业都最落寞的时候，这一抹不屈不挠的坚强，曾带给他无限希望，让他在羁旅之中获得生活下去的勇气。

　　二是因为此物味美且可果腹，在那个贫穷年代，很大程度地填补了空缺的口粮。山药炖猪骨头是藏在记忆深处的美味，山村的某一个傍晚，灶台上弥漫起的浓香，足以替代母亲声嘶力竭喊吃饭的声音——孩子们早已是安静地归守在灶台边，盯着那一锅浓香雪白的汤，挪不动脚的。母亲还时常将山药放在大米上一起蒸煮，在大锅里放一个竹编的架子，叫"菜架"，下面是淘净的大米，上面是刷洗干净的山药，柴火在灶肚里"噼里啪啦"响，饭煮熟了，菜架上的山药也熟透了，散发着清香。剥开黑褐色的皮，露出一截截白白胖胖的山药肉，蘸着酱油啃，既当饭又当菜，亦是那个黑白童年里最易解馋的零食。

　　山药"不可貌相"，外表极其丑陋，坑坑洼洼，浑身上下长满疙瘩毛毛，当你削去它黑褐色的外皮之后，露出嫩白肉质，细腻柔滑，真正"山中白玉"也。这与《卖柑者言》"金玉其外，败絮其中"的柑，正好相反。刘基一篇《卖柑者言》，让这"柑"名声大振。翻开各种养生的书籍，山药作为药中上品，食中佳品，也是赚足了各路大家的眼球。

　　据说，著名诗人苏东坡被贬儋州时，就曾在自己的菜园子里种植了许多山药，一日三餐，乐此不疲。南宋的朱熹对山药也是情有独钟，"欲赋玉延无好语，羞论蜂蜜与羊羹"。读来，这香浓美味，瞬间在唇齿间生成。在那个物质极其贫乏的年代，山药不仅解饥寒，还胜汤饼胜琼糜，足见这山药也非一般物啊。山药能受人们如此厚爱，除其易栽易种，充饥果腹，味道清美，口感顺滑，营养丰富外，当然更与它的养生保健功效分不开。

江南风流才子唐伯虎，烟花队里醉千场，在他老年，山药不离餐桌——"柴门深闭蒇徐煨，沽得邻家村酒来。白发衰颜聊遣岁，山妻稚子笑颜开"。陆放翁自是不必说了，在他生病卧榻期间，也离不开山药，有诗为证"久缘多病疏云液，近为长斋煮玉延"。"红楼美食养生家"曹公，在《红楼梦》中有一段描写，秦可卿生病的时候，贾母派人送去枣泥山药糕，秦可卿吃了后对来探望她的王熙凤说："昨日老太太赏的那枣泥馅的山药糕，我吃了两块，倒像克化得动似的。"你看，这山药不仅饱饥果腹，更具有健脾开胃养肾的功效，深得各位大家的青睐。除此之外，山药还能降血糖，是糖尿病人的理想食物，在秋季，女性食用山药，还有养颜的作用哩。

寒露已过，秋风乍起，在这食补当头，餐桌上怎能少了一味山药呢？

"秋斋雨成滞，山药寒始华。"现在正是山药成熟的好季节。如果您有寻觅山药的雅兴，如果以上文字早已勾起您胃里头的那枚馋虫，那么，周末无事时，约上五六个人，开两三辆车，布衣布鞋，徜徉文成山野，寻找童年遗失的味道去吧！"呼儿采山药，放犊饮溪泉"，那份野趣，那份闲适，岂不悠哉乐哉？

说了这么多，你有没有发现，其实，从古至今，这山药，一直摆在餐桌上，一直写在药典里，似乎从来就没有被冷落过呢！

窗外的世界

许多年以前，我对介绍所的阿婆说：妈妈腿风湿，孩子要择区近校，在这个住宅区，我急需一间一楼或二楼的屋子。介绍所的阿婆盯着我看了好一会儿，爽朗地说，好！

就这样，简单粉饰后，我搬进了 17 幢 201。

据说，这是一幢干部楼。

一

卧室窗外，是一个小道坦（空地），相当于小型停车库，一推窗，我便可以与我的小蓝面对面。刚搬进来那几年，我车技不太好，停车却是很方便。这几年，车辆猛增，车技也略见长，在这个小道坦里，我照样伸缩自如。不管周末假日或是半夜三更，我总能找到停车的地方，比起周围那几幢楼房，只能把车停在大马路上，车位停满了，任你车技再好，也只能讪讪掉头，这楼，就是别具一格的天堂了。当时建小区时，只有摩托车自行车停车库，根本不会考虑到汽车停车库。

　　道坦前面是一个微型公园，园子里花花草草，树荫浓密，蘑菇造型的亭台，树根造型的圆桌圆凳，中间有一个黄色的有线电视机顶盒，右角边还有一台银灰色高压变压器。每天清晨推开窗的时候，我总会多看几眼变压器——我是电厂工人，看到这些带有负荷的金属，感觉特别亲切。那些裸露的电线，缠绕成一根粗粗的麻花辫，从我的窗前，大模大样，穿行摇摆而过。麻花辫上有时忽地飞来一群小麻雀，它们叽叽喳喳，交头接耳，麻花辫就成了一条跃动的五线谱。隔一条几步之距的小马路，是一座粉红色的幼儿园，那些天使般的声音，稚声稚气，时不时"结盟"闯进我渐渐褪色的童年。

　　我的楼上楼下，住着好几位离退休的老人。话说"抬头不见低头见"，视线的原因，我特别关注一楼的两位老人家。春天，他们相互依偎着坐在蘑菇底下，聊聊话儿看看花儿下下棋；夏天，他们相互搀扶着坐在树荫底下，乘凉，闭目养神；秋天，她先搬出一张藤椅，拿出一个大红色的靠背放在藤椅上，然后再进屋把他搀扶出来。那个火红的靠背，如火红的枫叶，悬挂在枝头，含蓄饱满，隐忍挣扎，不时地给我视觉与心灵的冲撞。又恍如天边滚滚的晚霞，被云潮一点一点搁退向远方；冬季，他们都不太出来，只有在午后的时候，太阳把小庭院"预热"好了，风也躲在太阳背后，不再出声，她才把他扶到轮椅上，慢慢推进庭院里。而这个时候，我正站在店堂里，为生计忙得焦头烂额，很少站在窗前看风景。

我的窗户从来不装防盗网，它裸露胸怀，坦坦荡荡。它们，他们，推窗可见，都在我视线十几米的范围内，既是我物质生活的一部分，又是我思想驰骋的窗口，还是时不时地让我滋生诗情画意的土壤。

二

刚开始搬入这幢楼，楼上楼下，楼里楼外是相当的热闹。特别是逢年过节的时候，各种高中低档车子一辆接一辆，挤满楼下小道坦。楼道里响起一连串爷爷奶奶外公外婆稚声稚气的童声，或是阿爸阿妈亲亲热热的呼喊，这种气氛一直延续到某一个节日结束。

但是，接连这几年，楼里安静了许多。窗下的小道坦突然会不声不响地挂起塑料雨棚或白幔。这一端缠绕在我阳台的不锈钢花架上，那一端延伸到公园，两根绳子瞬间就能牵出一个静默的小灵堂。一朵朵毫无生色、毫无生气的花，开始拉帮结派，围成一个严严密密的花海重洋，排成一堵密不透风的墙。墙里头那位老爷爷，或是老奶奶，被这死花重重包裹埋葬，从此，楼道里没了他（她）的招呼与声响。

那几天，我的心，也会堵得慌，走不出围墙。那些没有生命的白色的纸花，像一道道刀刃上冷冷的寒光，刺入我的心脏，干扰我呼吸的通畅。我把窗帘严严拉上，一天，两天，好几天……早出晚归，我幽灵般在楼道上出没。我不敢贴近楼道那肮脏模糊的墙壁，我不敢碰触楼梯那被抚摸成油光乌亮的手扶，我三行两步，凌空行走，"嘣"的一声，闪入房内。虚脱一样蜷缩在墙角，长吁一口气，我开始诅咒藏在心里面那些胆小鬼，包括那些阴暗里腐烂的气息。

有时，却又忍不住偷偷掀开窗帘的一角。我需要一个往外看的窗口——没有窗口，我是活不下去的。我看到灵堂庄严而静默，我看到那棵树站得笔直而清明，我看到阳光正伸长手臂，抚摸我的脸。

三

这个女人穿着一件橘红色的外衣，绿色的裤子，像是秋天里一枚青黄不接的树叶。树叶有两种选择，要么活着，承载阳光雨露、春暖夏凉的重托，要么死去，纷纷扬扬坠尘土。坠落的树叶叫落叶。落叶也有很多种，有的被框入镜里，嵌入时光的隧道；有的被插入书中，成为精神的分水岭；而有的，只能腐烂成泥土。我忘了我是怎么和这一枚树叶在时空中邂逅的。清晨，我照样推开窗，忽然，鼻子钻入叶子腐烂的气息，眼睛遇见那个臃肿粗暴的行为，耳朵听到几句私心窃窃的言语：讨厌！挡我的路！给你点颜色瞧瞧，看你下次还敢不敢！

声音与动作在清晨空气中的传播速度是一样的——因为语言与动作同时到达我脑里。我看到白光一闪，一个透明垃圾袋恶心地蹦上小蓝的副驾前。说它透明，是因为我能清清楚楚地看到垃圾袋里五颜六色的尴尬。

白光闪过的瞬间，我听到小蓝尖锐地尖叫，痛苦地呻吟，委屈地求饶：莫！莫！莫！……

抗议无效！

情况突变，让我突然散失了言语的功能，我不知道怎么助小蓝一臂之力。哎哎哎，喂喂喂，言语在牙齿间磕磕碰碰，最后吐出的是一连串不成章节的字句。

没想到这样语无伦次的颤音已把她吓得够惨！看来，她与我一样，都是新手，对突发的事情缺少应急应变的能力。我看到她表情非常尴尬，眼光迅速从一楼扫荡到七楼，又从七楼横扫到一楼。她肯定是要找一找声音的发源地，她肯定是想知道，是谁发现了她干坏事。她当然看不到纱窗里的我，因为我一慌乱，便打不开纱窗，一直站在纱窗的后面。

从此，我的窗外增添了一道战战兢兢的风景；从此，我行驶自己停车权利的时候，便不能坦坦荡荡了；从此，这幢干部楼便失去了干部的意义。

我把车钥匙交给隔壁的洗车工，我让他帮小蓝多清洁几遍。可那块丑陋，他却怎么也清洗不洁净。每次坐上小蓝，总会瞥见右角有一块恶心的痕迹。于是，我开着车，眼睛尽量保持往前看。

我已目不斜视好多年。

春日絮语

一大清早，老公从屋顶下来，左手一捧青菜，右手一束黄花，嬉皮笑脸，作揖状递上，我与儿子相视大笑，这是春天来了？百花开了？不会作态的人也扭捏上了？

花儿被安顿在透明的玻璃瓶子里，摆哪儿，哪儿就摇曳生香。拍几张图片放到朋友圈里炫耀，朋友猜测：是雏菊？是非洲菊？还是什么什么菊？嘿嘿，她长得还真像菊，可其实，她并非诗人笔下傲骨凌霜菊，而是平民百姓餐桌上普通的蒿菜花。嫩的摘来烫着炒着吃了，"瘦弱老丑"的被遗弃在菜地里。没想到正是这"瘦弱老丑"，开出如此"抵触"的美丽来，安静从容，淡雅馨香，没半点儿姿态，极是欢喜。从小到大，但凡是花，没有不讨我欢心的。这与花儿叫啥名，是名花还是野花，是名流还是草根，又有什么关系呢？

当晚，邀请老公的几位外甥女一起吃饭。看着三位"美女姐姐"，儿子欢喜得不得了。饭后，儿子问我：妈妈，姐姐们都是做什么的？我便一一告之儿子：阿彗姐姐是中学的老师，阿璐姐姐是人民警察。我看到儿子眼全是赞许的光。我说道："晶晶姐姐在意大利做生意……"

"啊！"儿子把声音拉得好长好长，我听出了儿子感叹里头的些许失落，不由得好生纳闷：妈妈也是做生意的，有何不妥吗？

"妈妈，你为何不回你的单位上班？"儿子小心地问。

"上班的地方在老家，妈妈要是去上班了，怕是会照顾不好宝贝呢！你有何想法吗？"

儿子沉默了一会儿，说："妈妈，我要好好学习，早点挣钱给你，让你去当医生。"

"啊，医生？""对啊，这样，妈妈就有一份好工作，外婆看病就不用钱了，还有，残疾人找你看病的话，你也要免费帮他们看……"

童言无忌，我为儿子的那一份大爱感动，也因他小小年纪的那一份世俗，而无所适从。

可我，不亦是如此世俗吗！从当初开店时躲在柜台后脸红，到现在厚着脸皮与客人讨价还价，烟尘俗味已让我仅有的含蓄羞涩荡然无存，不过，也卸下了我虚伪的清高。为生活而劳作，工作本没有高低贵贱之分，我用辛劳与质朴经营，坦坦荡荡，干干净净，何羞何惧？只是，缘何会给儿子带来这样的失落？

儿子坐在电脑前看他自己的博客，也看我的博客，看着看着，我便听到微微抽泣声。屏幕上是一篇我写给儿子的博文《致宝贝——节日快乐！》，轻轻地走到儿子身边，儿子突然一下子拦腰抱住我，把头埋进了我的怀里。"是看妈妈的文字感动的吗？"儿子点点头。我们指着鼻尖相互取笑，笑里头是点点泪。

春天真的来了，孩子的身体在慢慢地成长，孩子的思想也在渐渐地被潜移默化，是该要多些时间陪陪孩子了。

周末的公园是一幅生机勃勃的画。一江春水微涨，几只白鹭翩飞，塘河两岸垂柳依依，小朋友们骑着自行车追赶春天，老人们迈开大脚小脚，也不甘落下。除了阳光与鸟儿的对话，花儿与微风的蜜语，老人与小孩的彼此呼唤，再也没有更多的市井尘嚣。

公园一角的那十几株茶花，开得甚是灿烂，红的热烈，粉的娇羞，白的寂静而低调。一根枝条横斜而出，擎着几个毛茸茸的花苞，敛声静息，欲放未放，别有意韵。还有那一丁点都不收敛的樱花，开了一枝头的繁华，也落了满地的温柔。凑近闻一闻，这浓烈，是会让人有点眩晕的。

儿子站在樱花树下有瞬间的专注。这神情，勾忆起了我自己遥远的童年。老家门口也有一株矮小却繁密的小樱桃，我不知道小樱桃与这樱花有何区别，除了小一个号以外，其他的都一模一样，每年这个时候，亦是她开得最灿烂的时节。那是我与父亲亲手栽下去的，仿佛走了很久，又仿佛只是瞬间，已是物是人非。孤单的老屋耸立在马路边，屋子里的家具陈设照旧，只是里面早已空无一人，唯有门前樱桃依然，日夜守护那一屋曾经的温暖。还记得樱桃成熟时，小脑袋一个挨着一个，拥拥挤挤，粉粉红红，酸酸甜甜，蜜蜂蝴蝶是挡不住诱惑的，当然，受不了诱惑的还有这些来来往往调皮的人，小樱桃还未完全熟透，便被摘得稀稀落落，母亲总是有稍许愠怒，父亲总是笑呵呵提醒：

独乐乐哪如众乐乐？

　　去年清明回老家时，看到屋角的小樱桃被人挖走了一半，犹如心的墙角被挖空。幸运的是，此人留下了半个良心，足够予我安慰。古人云：窃书不算偷。这窃花呢？估计此大盗亦是个宠花爱花之人，唯愿这小樱桃不负我望，愈合旧伤，茁壮成长。

　　花香总是一季漫过一季，思念总是一茬长过一茬，烟火俗尘，总能在岁月的素笺上，洒下温情点点。昨天，同学从山里给我捎来了一大袋春笋，今晚，闺蜜在我的微信里留言：什么时候来文成？我给你留着红酒呢……人生旅途上，柴米油盐，道是寻常，正是这芝麻琐碎，嘘寒问暖，给我感动给我力量。执笔涂鸦，温热淌进眼眶，絮絮叨叨，总想留下些故事的痕迹，温暖的，记忆的，感动的，美好的……

　　春天来了，什么都好。我看到许多人在写。有人说：春天什么都好，即使生气。有人说，春天什么都好，即使是怀念。有人说，春天什么都好，就是很想你。

　　是啊，很想你。那一个思念的季节也在春天里，那一个有理由啥事也不管只需要来看看你的季节也在春天里。

　　我想你了，想你背我过河的那一条小木桥。我想你了，想你等我放学望眼欲穿的那一棵大槐树。我想你了，想你老家屋檐下惟妙惟肖的口哨、笛声的悠扬……

　　春天来了，什么都好。唯是很想唠叨，朋友的暖，亲人的爱，得到的幸，失去的痛！

　　春天来了，请给我一点点时间，静静地听我说，听我好好说……

不令俗物扰清供

智者乐水，仁者乐山。

一个地方，有山有水，便是有仁有智了。

我们生活的星球，哪个地方没有山水呢？可以"愚公移山"，可以"掘地三尺有清泉"，天地生息，万物皆为万灵，可见，大自然与人类是可以情趣互补的。

山水是自然，是本真。清居山水间，便是生活最好的状态。《长物志》言："居山水间者为上，村居次之，郊居又次之。"我是山里人，长居山水间，陪山陪水陪井底之蛙长大。

可以为井底之蛙正正名了。远离尘嚣，甘居淡泊，默默隐身井底修炼，何来"井蛙不可以语于海者，拘于虚也"。

其实，在我的童年少年时期，我并没有见过真正的水井，当然也没有见过井底之蛙。我的老家虽然也是有水井的，但这个水井不是真正意义上的水井，不是"由地面向地下凿成的能取水的深洞"，而是在地面上，用砖头砌的，方方浅浅的一口井，青蛙王子很容易出出进进，它的天空很大。

我的能走动的亲戚家也没有水井，包括外婆家。外婆家门前有一条塘河，水黄黄稠稠的，熏人，周围的人洗菜洗衣服洗马桶都在这个河里用水。吃的水是外公去两三里外的山上挑过来的，外婆说山水干净。这哪是山水，不清不澈如流沙，在白色的塑料桶里荡呀荡的。外婆厨房里供着三只大水缸，底下垫着粗麻布，擦得很干净，盖得很严实。在这里，水缸是水井。

真正认识一口井，是我去南田中学求读的时候。南田中学在刘基故里南田镇，学校与刘基庙两隔壁。庙里的大树伸长手臂，就能够遮阴蔽日护佑校园。

这口井在学校门口，下斜坡的地方，井口平面呈圆形，井壁是石头垒砌成的，石缝里长着几根草，水井周围横竖着几块石板，供居民洗衣洗菜洗农具。水井南面是一片农田，绿油油的，有时也黄枯枯的，顺着季节，总有几只鸭子在里面游来游去。

探身，井幽而深邃，影子在里面晃呀晃，很美，不见青蛙。

水井边上有一根长长细细的竹竿，竹竿的顶端是一个分叉的钩。把桶挂在那个钩上，"哐当"一声，探进井里，然后"哗啦"一声，提拉起来，水珠飘漾，一股淋漓清气直钻心头。一探一提，行云流水，刚柔相济，如果放成慢动作，那就是功夫太极。我觉得"风生水起"这个成语应该从这里开始。

我边看边琢磨。竹竿纤细，我的小手却不怎么灵动，"扑哧"一声下去，水桶脱钩沉水了；"扑哧"一声下去，水桶倒盖着飘走了；再"扑哧"一声下去，水桶左右摇摆，旋转着跑了。半个身子探进水井里，竹竿横着竖着，捞来捞去，最后，连水桶也捞不到了。

"囡囡，你是哪里人？"一位阿婆站在边上给我示范。

我是西坑的。哦，好西罗（原来是这样），西坑嗯么（没有）水井咯罗。

洗了两个小时的衣服，打水花了一个半小时。

人生若只如初见。不知刘伯温当年，也曾如我这般？

当然不是。他是掘井人，南田被誉为"天下七十二之第六福地"。南田镇风光秀丽，人杰地灵，环绕着瑞祥之气。南田镇上分布着大大小小的水井，这些水井的水冬暖夏凉，当地居民从井里汲取生活的日常。

这一口一口的水井，宛如眼波流转的少女，或是骨骼清奇的少年，是一个地方的精神风韵，滋养诗意。

这或方或圆的水井，是烟火里的精神清虚境，洗身洗心洗眼，洗尽人间尘。

小江南，农家院，墨黑的瓦檐，挂着一串红灯笼，微微细风，从看不见的地方吹过来，窗外疏影晃，一股清气，在"哗啦"声中弥漫开。毫无来由，我脑子里都是这样的画面。这个山之巅，因为有了井，忽然柔和起来。

如今，我已离开这里很久了，我的生活当中又没有了水井。想起某本书中某句很可爱的话：我当时对"背井离乡"

这个词语的理解，以为是背着水井离开家乡。大致是这个意思。

我的内心里头也有一口井，端端正正地供着。

井边墙头上攀爬着一株南瓜，浓绿肥大的叶，玲珑精巧的瓜，绿叶中探出一个个黄黄的小脑袋，明亮，温暖，看起来像清供。

是的，清供。待叶枯花萎瓜黄熟，更像。

步摇，发间一抹倾城色

"云鬓花颜金步摇，芙蓉帐暖度春宵。春宵苦短日高起，从此君王不早朝。"一曲《长恨歌》，一支金步摇，一摇一微颤。霓裳羽衣，千般妩媚万般情思，鬓间风流婉转，怎不令唐明皇心神荡漾？

步摇，又名发钗、发簪，是一种簪于发际的饰物。簪首上垂有流苏或坠子，行动时一步一摇。又因其做工精致考究，材料贵重，早多于宫廷富贵女子所用，故又称其为金步摇。

步摇一般以花鸟鱼虫、飞禽走兽作簪首形状，始作为宫廷礼制首饰，是民间的禁物。美丽是包裹不住的，更不是布告禁令所能约束的，步摇既能添美又能固发，其向民间流行的趋势便自然不可遏止。从汉代开始，步摇逐渐在社会上流传，到唐代明清，步摇已经不是贵妇人专宠，而演变为男女固定发髻的饰物，成为生活中的平常。

我认为，并不是所有女子都适合簪步摇。簪步摇的女子，定是温婉娴静、楚楚动人的，行动时弱柳扶风，顾盼处风情韵致，来不得半点粗俗放纵。

老家对门住着一位沉默寡言的老奶奶，三寸金莲不离两尺灶台。只在每个清晨或傍晚，她才踮着小脚，坐在高高的门槛上，细细梳理那一头长发，或盘缠，云髻高挽；或放下，青丝舒卷。举手投足，发簪起落，是这般端庄典雅，别有风味。在那个偏僻的小山村，她的与众不同，仿佛一曲袅袅清音，散落暖意；又仿佛一部宽银幕黑白影片，挂在旧屋檐下，从早播到晚。那时的我，懵懵懂懂，常常被这一幕莫名感动裹挟，呆呆斜倚在门框边上，一看看半天。

"你在傻看什么呀！"多少年过去了，母亲不解风情的责备依然在耳边响起。而这一支起落间白晃晃的银发簪，在老家的门台边，在落日的余光中，在纺车前，在织机上，在镲灶间……摇摇晃晃，曾经添加了我多少黑白日子的色彩，细腻了我多少贫穷日子的粗犷。

"仙风道骨今谁有，淡扫蛾眉簪一枝。"粗布衣，黑布鞋，如何捂得住生命的鲜活？沟壑纵横，素面朝天又如何？一支步摇，风情万种，于时光中姗姗，早已是倾醉我童年。我潜伏在时光之外，以我固有的姿势，倾听、收拾，贪婪温存记忆里岁月的妖娆，精神被富足填满。如此，那段没有文字记载的岁月，便多了一种存放的意义。

更有一段时间我迷上古装戏，倒不是因为这戏里故事情节有多动人，而是着迷于那一种戏服戏韵，云髻花颜。一场越剧《五女拜寿》看了不下五次，一段《西厢记》唱词让我沉醉其中。"莫不是步摇得宝髻玲珑，莫不是裙拖得环佩叮咚。"水袖轻舞，步摇叮当，从唐到明清，戏里戏外，摇不尽女子的旖旎风光。那流转的清波，轻移的莲步，真是个

"千种风情绕眉梢"。这一抹倾城色,世间男子,醉也不醉?

《花样年华》里张曼玉饰演的苏丽珍,《大明宫词》里的太平公主,《武则天》里的武媚娘,哪一位不云髻高挽,风华绝代?"玉簪为谁轻坠?""簪髻乱抛,偎人不起",她们,是流年里的一朵烟火,是"欲说还休梦已阑"的情愫。或古典矜持雅致,或香艳雍容妩媚,生命光色璀璨,摇曳生辉,令人遐想。

受古装戏的影响,童年,几个黄毛丫头,常常躲在屋子里,裹上花被单,缠上花花绿绿的头绳,将稀稀拉拉的几根未伸展粗壮的细发轻轻挽上,你当相公我当小姐,咿咿呀呀,能够唱上好长一段时光。稍长大后,蓄起一头长长的发,买各种廉价的发簪,摇头晃脑,装模作样,总想弄出一点声响,以期望引起人们的回头与惊叹!恨不能将骨子里所有的娇柔妩媚,用一支簪来表达。

如今,在角落里搜搜翻翻,发现,蒙尘的"百宝箱"早已被各种步摇情怀积攒满,木质的、骨质的、合金的、银的、玉石的……琳琅满目。唯一不变的是不蒙尘的情怀——依然喜欢收敛起长发,别上一枚精致的小情调。

千年已逝,时尚已是精简,女子深闺梳妆打扮的那种繁复冗长,早已淹没在历史尘埃中。步摇,渐渐淡出了女人的世界,很难再簪戴出去了。倒是穿棉麻布衣的女子,总能坚持心底的那一份浪漫古典情怀,时不时地布衣长袍,发簪压髻,流苏轻晃,于时光中姗姗而来,成为街头的一道别样风情。

来，咱们风花雪月去……

看着您目瞪口呆的样子，吓着您了吗？

这不，春天来了嘛。

春风跟小草说话了，说着说着，小草醒了；春花跟白云说话了，说着说着，白云醉了；春雨跟冰雪说话了，说着说着，冰雪化了；春雷跟月亮说话了，说着说着，月儿哭了。

听了我的小诗，儿子呵呵地乐了：妈妈，不对，不对，是春风跟柳树说话了，说着说着，柳树醒了……

啊呀！不得了，儿子比我更棒，出口成诗，全是风花雪月呀。

风花雪月，多清丽的字，多诗意的景，多赏心悦目的词语，您，紧张什么呢？

百度了一下，风花雪月，词义原指旧时诗文里经常描写的自然景物。后比喻堆砌辞藻、内容贫乏空洞的诗文。也指爱情之事或花天酒地的荒淫生活。出自宋代邵雍《伊川击壤集序》："虽死生荣辱，转战于前，曾未入于胸中，则何异四时风花雪月一过乎眼也。"

读此释意，一丝苦笑从心底漫起，心里不禁为之暗暗叫屈。

风花雪月，该为风之飘逸，花之妩媚，雪之纯洁，月之宁静。多美好纯粹的词语，竟然将之贬为虚浮空洞甚至荒淫，依我看来，真真比窦娥还冤呢。

风之飘逸

风，首先是大自然的一种现象。

有和风微风、强风烈风、暴风飓风。当然，大自然的风，多以和风微风居多，虽不免有时也会狂风暴雨，却只是偶尔为之。试问，谁无一点点性格呀，是不？总而言之，还是风调雨顺居多的。您看，春天来了，春风拂柳，尽显春之妩媚柳之袅袅；秋天到了，秋风送爽，送来丰收的喜悦，幸福的芳香……

其次，风也指人的仪表风度，代表一种气质，代表一种行为，也代表一种气度。无风无度难成君子也。

其实，风还是一种姓氏。虽然《百家姓》里没有收藏，但《帝王世纪》云："伏羲氏，风姓也。"此风，乃帝王之姓也。

花之妩媚

牡丹的雍容华贵，玫瑰的热情浪漫，水仙的清纯雅致，梅花的冰雪清明，甚至野菊花的清静高洁……您，不喜欢吗？

昙花一现，即使瞬间，也是永恒；荼蘼花开，即使终止，也是绚烂。话说拈花惹草，那不也是迷恋花之妩媚吗？

每一种花，不管高贵的、低微的、纯洁的、妖艳的，首先，她都是美丽的，都有其独特的花语。想必无人不喜，无人不爱。君不闻，路边的野花不要采，这千交代万交代的，便足见这花之媚花之美了。

雪之纯洁

水，冷却为冰，降下为雪。

一场大雪，覆盖了世界上角角落落，所有丑的脏的黑的，见雪无痕。雪，是纯洁的。

《沁园春·雪》，演绎了"千里冰封，万里雪飘"之磅礴气势和豪迈情怀；"忽如一夜春风来，千树万树梨花开"，这千古绝句，这塞外的风光，皆因雪而神动。雪，是美丽的。

雪，除却自然现象，更寓意为一种傲霜斗雪、不屈不挠的精神，冰魂雪魄般的高尚品质。雪中送炭，那是一种温暖；阳春白雪，那是一种境界；瑞雪兆丰年，那是一种造化。

月之宁静

无月便无华，月聚天地之精华。

花前月下，品着淡淡的茶香，任由月的芳华洒满肌肤，弹一曲高山流水，听几回夜雨芭蕉，这是怎样一种清风朗月般的心境呀。

"举杯邀明月，对影成三人。"淡淡的惆怅下面，是诗人一颗孤独且宁静的心。世事繁华，有人说，人生得意尽欢之时，别忘了掂量一下生命剩余的价值。

是呀，夜深人静了，别让心忘了回家的路。漆黑的午夜，还有一轮圆月悬挂在天边，淡然宁静，芳华四溢。

节日来了，玫瑰、鲜花、巧克力，都沉浸在幸福的微醉里，您呢？醉了吗？

来吧。敞开您宽宏大量的胸怀，行我风花之浪漫，做我雪月之纯洁。挡丝竹之乱耳，弃龌龊于无形，日子就这么风花雪月地过着，有何不妥吗？

恋石

> 爱此一拳石，玲珑出自然。
>
> 溯源应太古，堕世又何年？
>
> 有志归完璞，无才去补天。
>
> 不求邀众赏，潇洒做顽仙。
>
> ——题记

曹雪芹想必爱石。借一块小小顽石，玩味出了《红楼梦》这千古绝唱，品出了丰富且深刻的人生哲理。

吾也爱石。当然，吾之爱，是小女人之爱，是对石头本身之爱，是对石头给女人带来愉悦和美丽之爱。对石之爱，从小开始。喜欢那种坚硬，喜欢那种自然，喜欢那份神秘浪漫，喜欢那份宁静淡定，更喜欢那种低调不张扬的美丽。

年少时，老屋门前有一条清清的河，河里或圆或方或大或小或有形或无形，几乎所有的石头，都被我眼光抚摸遍。有事没事就喜欢躺在大石上，用脚丫子亲亲河水的洁净，听听鱼儿虾儿蟹儿的言语，闻闻山野花花草草的清香，很是惬意与享受。偶见一两只黑斑鸠停在岩石的那端，搔首弄姿，点水嬉戏，石静静地看着，微笑着欣赏。这超脱淡然的，无一丝杂念，却各得其所。于内心，便是一种感悟，一种天地间瞬间扑面而来的感悟。

因为是女人，我便喜欢一切漂亮的东西，包括各种各样的小饰品。但对合金类的饰品不太感兴趣，独喜欢石头，喜欢纯粹的天然。不会花花绿绿，不会闪闪发亮，不会刹那令你目眩。低调纯朴，却又是那样的圆润质感。有空时，总喜欢去天然石头店里转转看看，不一定要购买，看着也入眼、享用。看橱窗里的她们，自然纯粹、宁静淡泊，无一丝华丽包装，无一点人工点缀，却是那样的千娇百媚、玲珑剔透，招惹得我心乱。就这样傻傻地站着，贪婪地看着，移不开脚步，估计每次都可以站上好几刻钟。

年轻时，朋友送我一条紫水晶手链，一颗颗如紫色的葡萄，又如一滴滴紫色的泪滴，神秘浪漫而又宁静真实。佩在手上，紫气氤氲而来，一股冰清玉洁透彻心底。一种灵性透析着石头内在的生命，爱它爱到了骨子里。一次下水嬉戏时，不小心把手链弄断了，圆圆的珠子全散落水底，伤心得泪流满面。朋友花了好长的时间，一次次潜入水底，捡回这一颗颗紫色的精灵，才让我破涕为笑，至此，我对手链更是呵护有加。

婚后，为了遵从自己的喜爱，业余开了一家自己的石头店。从各个地方淘自己喜欢的石头饰品，虽然不是什么珍奇异石，却是自己一点一滴的欢喜。喜欢石榴石的宁静婉约，喜欢碧玺的妩媚多姿，喜欢绿幽灵的神秘诡异，喜欢红纹石的热情浪漫，喜欢发晶的高贵霸气。大凡石头晶体，离我们最近的也已接近几千年，甚至上亿年，这得在地底下待多少个五百年的轮回呀！每一块石头，在我眼里便都有一个个精美绝伦的故事，我总是陶醉其中，乐此不疲。

一次，店里新来一位营业员，由于操作不当，把一大盒水晶石头倾倒于地，稀里哗啦，碎裂的不只是水晶，还有我这颗脆弱的心，心疼得泪水瞬间涌上眼眶。看着她惊慌失措的样子，责备的话再也说不出口，只是叮嘱，下次小心呀小心。权当破财消灾吧。没想到的是，她第二天便失踪了，连手机也关机。我暗暗伤心之余，对自己的善良，便多了一份疼痛。对石头的痴迷，便多了一份感悟。不是因为钱，而是因了那一颗心。

其实，早在宋朝时，便有米芾拜石，开创了玩石的先河。据说米芾一生非常喜欢把玩异石砚台，甚至玩到丢官降职亦无所谓，可谓到了十分痴迷之状态。李东阳在《怀麓堂集》里说："南州怪石不为奇，士有好奇心欲醉。平生两膝不着地，石业授之无愧色。"便可看出米芾对玩石的投入与刚直的个性。这个性，便让我想起了李白的"安能摧眉折腰事权贵，使我不得开心颜"。多洁净的品性，多傲世的情怀！

是呀，石头如人，它有着内在灵动的生命，它见证了远古一个世纪又一个世纪的动荡变迁。或海枯石烂，或地动山摇，或风花雪月，或沧海桑田，或美或丑或善或恶，蕴含着极其丰富的生命过程。一块石头，便可印证一载人生。世人爱石，恋石，研究石，石依然静默淡然，笑对红尘。

大千世界，形形色色的人，爱恋也千万种，不尽相同。有些人喜欢黄金的富贵，有些人喜欢钻石的耀眼，有些人喜欢合金的廉价且华丽，吾却独喜石的低调与宁静。

金虽富贵却亦平常有价，石虽无声却能摄人心魄。石能悟心，亦能悟世。

满墙春色爬山虎

爱上它，是因为它的外观。

枝叶扶疏，郁郁葱葱，爬满一墙头。远远望去，绿意葱茏，自然率性，恍若青春的体态。翻了翻"资料"，还得知了其一些品性：生性随和，对土壤要求不严，占地小，生长快，绿化覆盖面积大，在暖冬的南方，可长年保持长绿状态，耐旱耐寒耐贫瘠，生命力极强。在《本草药典》里还有祛风湿、通经络、止血便的功效。于是对它另眼相看。心底里滋生了一丝丝敬佩怜惜之情。暗想，如果也在我的墙头植上一株，岂不是一年四季浓绿苍翠，引人激昂向上？

我是从别人遗弃的一堆垃圾中发现它的。不顾垃圾的腐臭，不顾蚊蝇的冲撞，一顺手，就把它从垃圾筒里拎了出来，想都没有多想。或许，这就是人们常常说的缘分吧？——其实，一个偶然，遇见就遇见了。讲缘分这东西都是自欺欺人的，不靠谱。

施之以肥，浇之以水，灌之以情感。待真叶长出三四片的时候，便急急借来瘸腿的木梯，架上，一个人摇摇晃晃，爬上高高的墙头，动用钢钉、铁锤、剪刀、绳子，给它作牵引状，为它编织一张爱心的网。此举，引来旁人的疑惑、不解、侧目——这只是一种极其"烂贱"（文成方言，意为极其普遍，随地生长）的植物，你竟不顾自身安危！你干吗这样？你为何这样？你怎么可以这样？我笑笑，不置可否。

喜欢上一种物，如喜欢上一个人一样，是生命之外的喜欢。关乎精神与灵魂，与物质无关。如何探讨？如果父亲还在的话，我一定会是去问问他的。他不在了。把我内心的一个小角落也带走了。我的言语，出现了从没有过的虚无空白与障碍。从那以后，我保持沉默，我做任何事情，都不找任何人商量。

我的墙有点乱，不是一堵真正意义的墙。左边是褐红色的裸砖结构，缝隙里的水泥都没有抹平，灰得粗糙。右边又粉刷涂抹了一截白色，只是白色中间已经渗透岁月的斑点与萎黄。中间是透明的玻璃——唯澄澈可雀跃——却又用一种花花绿绿的玻璃贴纸将其严严围死。一条下水道的排污管将这堵乱七八糟的墙体从中截断，不成比例。

我将它移栽到排污管底下的一个空盆子里。它还真的是生性随和，不择环境土壤。三两月之后，大叶片催生小叶片，大吸盘拉着小吸盘，攀墙附壁，扶摇直上，长势非凡。没花多少工夫，便将这一堵墙，装饰得绿意盈盈，诗意盎然。遗憾的是，我的屋在高楼的底层，而它，总也爬不上屋顶，爬不出阴暗,总在底层绕着排污管回旋打转,终日难见阳光。

　　我至今脑子里面还想着去年的百草园,想着墙头那一抹激昂向上的爬山虎。我想,如果它能爬上屋顶,爬出阴暗,那么,与鲁迅先生故居的绿,或许也有一比。可惜了。

　　翻了翻书本,发现这种木质藤本植物,有增氧、降温、减尘、减少噪音等等作用,在小范围内,在立体绿化植物中,也算能发挥一些举足轻重的作用。但它又有其脆弱的一面,虽然"烂贱",容易栽培,却常常携带蚜虫病、白粉病、叶斑病和炭疽病等。

　　不知道什么原因,墙头的那一抹,倒是没有长蚜虫,却长了一种比蚜虫更恶心的虫子。这虫子像变色龙一样,或绿色或褐色,隐在绿叶底下或枝干之上。一开始,你根本发现不了它的存在。直至绿色的浓汁将它喂养得越来越肥大。我第一次发现,是在一个清晨,给它浇水的时候,发现好几张叶子上面都有一些相对比较粗颗粒的黑色的粪便。刚开始,还以为是鸟儿留下的,没作细想。可是,慢慢地,这黑色的粪便越来越密集,而且这满墙的绿,突然不再那么蓬勃了。叶子也开始变得残缺不全。这不像是鸟啄的呀!这些现象,严重地破坏了我的诗意。于是,我开始像福尔摩斯一样展开侦探。我翻开一张张叶子细细看。这一看不要紧,一条估摸有一中指粗长的"变色龙",牢牢地吸附在叶子底下,长着尖尖的触角,浑身通透,发着绿莹莹的光。边上一条褐色的长着皱巴巴的皮,像一根枯树枝,悬挂在枝干上,直至因为我的拨动惊扰,它一头从枝干上悬下来，甩到另一端，我才发现，它竟然是活物！
"啊！"我尖叫着丢掉水壶，踉跄跑回里屋。待惊魂稍定，
拿出一根长长的晒衣竿，站在远远的地方，撩起叶子，一
张一张寻找，一条两条三条……一指粗长的活物竟有五六
条之多。

　　我对有手有脚，四肢分明的动物倒不怎么害怕，最害
怕的是这种四肢不全，五体不分的蠕行动物。它们总是借
大自然的颜色隐蔽自己，阴暗恶毒，防不胜防。记得小时候，
屋前有一颗杨梅树，每到杨梅成熟的时候，小朋友两两相
约，争相爬到杨梅树上摘杨梅。有一次，我手抱着杨梅树
往上爬的时候，把一条毛毛虫也抱进了怀里，被惊吓着从
树上摔了下来，恐惧内伤了好久。从此后，我再也不敢爬树，
对绿色植物的喜欢，也仅止于矮小的植物。一旦植株庞大
起来，便要畏惧远离。

　　也是从那天以后，突然发现自己，变得极像一位变态
的"色情偷窥狂"，又像是一位冷酷无情尖酸刻薄的刽子
手——每天清晨做的第一件正事，便是用一根晒衣竿，撩
起每张叶子的底部，一张一张地查看，查看隐秘处是否洁
静是否长虫。我得将这些幼虫扼杀在摇篮——我不能让它
长大，那简直是噩梦。一位佛教徒朋友跟我说：人呀，学
会吃吃素，尽量少杀生，不得已的话，一定要多念念"阿
弥陀佛"，可为死去的生命也为自己超度。何为素何为荤？
又何而为杀生？动物与植物不一样都是有生命的吗？但我
还是敬畏每一个善意的关怀。每天早上，当我拿着一根晒

衣竿，站在排污管边上，寻找虫子的蛛丝马迹。不忘了心口念念：阿弥陀佛、阿弥陀佛、阿弥陀佛……

在爬山虎的周围，还有一些其他的绿植与花草，却不长这样恶心的虫子。它们安身于各种老旧陶罐之中，谦逊优雅，吐蕊展颜，集天地之精华，养自身之灵气，一身清爽洁净。只这一株，导行不正，阴暗龌龊，虫子或大或小，或现或隐，生生死死，反反复复，不管我怎么费劲耗神，也没有干净的一天。

如此寻寻觅觅敲敲打打数月，原先的绿意暖意情意早已荡然无存。栽它为绿化，为美化，为那抽出来的几张绿叶滋养我的诗情画意，如此看来，一切都没了，徒增加了我的心理阴暗，折损阳寿。

那一面原本表面装饰得绿意盎然的墙，也经不住如此的拨弄摆布，逐渐露出岁月的晦暗峥嵘。它破坏了我原先植它的初衷，甚至走进我的噩梦里，一而再。我常常夜半三更被这些五体不分的蠕行动物惊醒，冷汗涔涔。

还有一小段时间，我就要搬离这个地方了。它，还有那一堵墙，曾是我心底里面的一个执着。在搬离的那一刻，想是会一起弃了罢了。

花草植物如人，也分高低贵贱。只不过，人类以思想区分，而物，只能以价值区分罢了。

余韵未了

　　巴厘岛有个传统"热吻节"，说是不管成年人还是青少年，都能参加这个"游戏"，热吻场面火爆热辣。不少网友留言感叹，怎么不早说呢？也是，巴厘岛距咱不远，一张机票，估计也能怀拥心仪的"眉眉"或"锅锅"，温热热地吻下去。摄像机当然也是火辣辣的，围观者众，尖叫吆喝、鼓掌泼水，估计不神魂颠倒也心惊肉跳了。

　　想起了张爱玲与其闺蜜的对话：妻子或丈夫被异性拥吻时，另一半的感受。一说定是会嫉妒的，即使不会当场发脾气，等那人走了，背地里也是会追问生气的。一说是定会堂堂正正地走进来，当堂喝止：喂，这是不行的！

　　从口，勿声，是为吻。吻有许多种，比如犹大对耶稣的背叛之吻，英国海军统帅霍雷肖·纳尔逊的死亡之吻，青蛙王子的浪漫之吻……不管何种吻，都因情而生。亲吻是一种表达爱意的方式，也是西方国家的一种礼节。我国是几千年的文明古国，礼仪之邦，对爱意的表达，较之西方，是要含蓄些的。两人初次见面招呼，一般是面带微笑，相互点头，最多握握手，不会有其他的肌肤之亲。而不像西方，又贴脸又拥吻。我以为，如果是长辈对小辈，倒也还好。要是年龄相仿性别相异者，多多少少还是会让人滋生出些许恍惚情愫的。人是情感柔软动物，心思敏锐而细致，这样近距离被一位"眉眉"或是"锅锅"拥抱贴脸，授以温热之吻，难为情是难免的，说不定还能荷尔蒙迅速上升呢。

西方国家这种拥抱贴脸的生活情趣，定是有历史可溯的。这是题外话，且不去说。想说的是，偶尔看到的手机新闻里的一个传统热吻节，竟然给了我讲话的兴趣，并迅速起床记之，这倒是非常有趣的事。

您知道，我是不善于言辞的，特别是面对异性的时候，更是窘模样，表达往往也力不从心，但面对冰冷的电脑，反而抵却了词意的荒凉，从容淡定了许多，比如此刻，即使刚从被窝里钻出来，披头散发，衣冠不整，亦是不能打击到我一丝丝的不自信的。

人啊，脸上那一张皮都是虚的，大抵如此！

音听余韵，茶抿余香。这茶余饭后的八卦，偶尔听听亦无妨（对不住了，巴厘岛如此隆重的热吻节）。一个吻，尚且让人心慌意乱，甚至醋坛打翻，那皇帝的三宫六院，男人的三妻四妾呢？

说起这大小妻妾，很自然联想到了手机。您肯定要纳闷了，手机与这个有何关联呢？嗯，关联大着呢。手机关乎您一天的正常生活，没了手机，保守估计，百分之五十的人是没办法正常生活下去的。现在许多人把手机喻成"小三"、小情人，喜滋滋地供养着补给着，另一半一天两天甚至月余不在身边，估计都碍不了事，但没了手机，估计就要抓狂了。

昨日，我的"小三"就被"上帝"（顾客）拐跑了，飘走十余分钟我才发现，尝试着致电"小三"，竟然反复回答对方正在通话中。我纳闷，不至于啊，跟了我这么时日，一瞬间就与他人恋上连电话都拒绝了？在我一而再的固执下，终于接通了，"上帝"说：至今未想起，你的"小三"为何揣进我的怀里——难不成它贪恋美色，自投罗网？明天早上给你送回来吧，我现在正忙着逛街购物呢！（本末倒置估计就是这样解释的。）那怎么行？它跟随我多年，从未出走过，怎么可以随便在外过夜？万一有个三长两短的，我可怎么办？"上帝"也不能太任性，应该也是要讲讲人的原则的嘛！

我不依不饶，几次三番之后，"上帝"同意晚饭后送回。我与朋友守着监控，大眼瞪小眼，干巴巴等到晚饭七点后。

失而复得，我并不见得有多开心。我将脑子搭错线的"小三"重新调整到正常通话状态，我至今都不解，这拒绝来电是不是"小三"自己故意的，还是"上帝"操作不当的无意？冷冷地横一眼，看"小三"正在电脑边，四脚朝天，一副若无其事的模样，尴尬的竟然是我自己。可见，"小三"不是什么好东西，见谁跟谁跑，你得小心翼翼哄着、揣着、小心侍候着。你是用了钱，用了情，人家领了你的钱，可并不见得领你情。

再看看，那个岛国的失乐园，一对已婚男女为了追求性爱的极致，丢家弃子，共赴黄泉。正如她自己所说，这样的爱情，是要下地底狱的。为了性，为了欲，为了"忠于自己的内心"，把所有的东西都抛弃了。这样的性，是动物性；这样的爱，是毁灭之爱。没有亲情，没有责任，没有荣辱羞耻。"请原谅我们最后的任性。请把我们两人一起下葬，别无他求。"任性是有条件有原则的，最起码以不伤害他人为前提，为一己之爱任性，弃了父母弃了血肉弃了责任，何其自私？我们不需要道貌岸然，满嘴德仁，但也不能没有底线。

东扯淡西八卦，咿咿呀呀，不成曲调乱弹琴。从吻说韵，从小三说手机，从爱情说底线，清音余韵，悠悠未了。这世间万物，到底还是相通的。

不在梅边在柳边 @ 温都博客

在一次同学聚会上，古道说，有一个"温都博客"，比论坛接地气，感兴趣的话，可以去玩玩。

2013 年 1 月 23 日，我将文字搬到了博客。距 31 日我的生日还有 8 天，8 是一个好数字，于是，趁这一天，《安一个新家在此处》。

人生犹如一趟列车，需要《泊车》，需要停顿与休整。有些人喜欢把车泊在繁华处，看灯红酒绿，看裙袂飞舞。而我，独喜荒凉。在心的荒原，默不作声处，留一块空白地，安放自己的真实。

相比于论坛，这是一方文字净地——不喧哗，不张扬，低眉顺眼，内敛而真实地存在。因为是本土，便显得接地气。每一个互动都是那么的可触可摸，情谊盈盈。

我生在偏僻的小山村，祖辈几代皆农民，当然没有任何家学渊源，但对文字的喜爱，像是与生俱来的。从小就喜欢抱着一本书，无论走到哪里。于是，成为村人口中的乖乖女,成为同龄或不同龄农村熊孩子的榜样。久而久之,便成了一种习惯,或是"装"?无所谓了,这种爱好,想是无伤大雅的了。

小村子里同龄人很少,而极少的同龄人当中,能玩得起来的,更是凤毛麟角。世界,成了我一个人的。岩石上,小桥边,榕树下,小屋子里,或静坐发呆,或摊开书本,天马行空,自导自演,那些黑白苍凉的岁月,也能悄悄地生出些许红艳来。

小时候上学堂,要起早摸黑来回走整整十几里的路。等稍长大点,父亲给我买了一辆自行车,上学放学时,我便骑着车子,小伙伴在我的边上追着跑着跟着。常常是心里过意不去,载他一程,回头又载她一程。在小伙伴中,年纪稍大的我,也算是温和可亲的小姐姐了。

至今还记得那一位男孩子,他说:阿微姐长大了一定要嫁给工作同志。工作同志,意味着有一个"铁饭碗"。那时候,工作同志是很吃香的,连我们几岁的小朋友都这么说。于是,我们便玩家家,由他扮演工作同志,我扮演新娘,捏起泥巴当米饭,支起树枝当新房,想来不免哑然失笑。可惜的是,这位可爱的男孩已经长眠于地下了。

不是梅,未曾柳。小时候玩的家家是不作数的,可对童年的记忆,却是刻骨铭心的。

"弥补过去十年的光阴,需要许多的言语,而有时,却只需要沉默。"马克·李维在《那些我们没谈过的事》中如是说。我是一位言语苍白而迟钝的人,性格里没有太腻的热情，喜欢清静如水的交往。不负担，不惶恐，随心随性。与文字交往，正是这样一种感觉——想说便说，想沉默便沉默着，无须迎合，无须劳心费神，一切的喜怒哀乐可以在文字里安放。有一种文字情缘，总在。没有时间空间的限制。

文字真的是很好。可以把远遁的心"嗖"地收回。可以春暖花开，可以天寒地冻，可以自言自语，可以指桑骂槐，可以顾左右而言他，无须任何繁文缛节。我得感谢我初中的语文老师——刘际玉老师，能将鲁迅先生的杂文讲得那么意味深长。从此，我喜欢上了含蓄深远、耐人寻味的文字。

严歌苓说，相对于白开水，她更喜欢"老奸巨猾"的文字。大致是这个意思。生活需要经历与故事，文字也一样。年轻时，涂写风花雪月，空洞无物，夸张虚浮，涂了满满十几大本。东躲躲西藏藏，怕本子里的春光泄露。当经历一些年月，才懂得，文字，比如生命，需要敬畏。再也不敢随意摆弄，轻易示人。

从开博到现在，陆陆续续发了几十篇文字，不多，但每一篇，都是我的至性至情。不为应景而写。温都博客，是我文字的原乡。只要有文可成，第一个便是发博客，从来没有想到要先投有稿酬的报刊。

与文字相亲，一个眼神，便能感知，生出一辈子的欢喜来。人到中年，经历过不少的生死别离，当亲人在自己的怀里一点一点地冰冷下去的时候，还有什么能值得任性？除了文字，除了精神，除了灵魂。喜好，或许也是一种自信。

于是，重新拿起笔，寻找心灵的支撑，在爱的荒原里重建精神的家园。

自 2013 年进入温都博客之后，便没有离开过。这是一个城市的精神后花园，这也可以说是一个城市的草根文化精神坐标。这里集聚着各行各业爱好文字的朋友，甚至还可与享受国务院政府特殊津贴的文化学者、国家一级作家戈悟觉老师频频互动交流。

感谢博客，让我认识了德高望重的戈悟觉老师，认识了孜孜不倦的明人老哥与莲花姐妹，认识了一群相亲相爱、相互鼓励的老友"蜜柚"，认识了一个干净的对的圈子。虽然，我是一个极其省事的人，与大多数的博友无来往，但文字里的交流，足以让人感觉，似曾相识。

"不在梅边在柳边。"生生死死，今生来世，这缠绵悱恻的旷世真情，全赖作者笔端的浪漫。即便是戏，看到这圆满的结局，内心也是欢喜的。而我对文字的欢喜，对博客的热爱，当然不是戏，是戏文之后的真实。

做"水性杨花"的女人

　　翻看了许多辞典，对水性杨花的解释都是：像流水那样容易变化，像杨花那样轻飘，比喻年轻女子作风轻浮，感情不专。

　　就凭无名氏《小孙屠》"你休得假惺惺，杨花水性无凭准"？还是曹雪芹《红楼梦》所说"大凡女人都是水性杨花，我若说有钱，她便是贪图银钱了"，就把多情且柔情的女人陡变成轻浮？自古以来，女人就被喻为水做的。水做的女子，轻扬如花的美丽，可和轻浮搭不上半点关系。

　　"蒹葭苍苍，白露为霜。所谓伊人，在水一方""关关雎鸠，在河之洲。窈窕淑女，君子好逑""欲把西湖比西子，淡妆浓抹总相宜""闲静时如娇花照水，行动处似弱柳扶风""最是那一低头的温柔，像一朵水莲花不胜凉风的娇羞"……您瞧瞧，世间有多少女子，便有多少似水柔情。如水的女人优雅美丽、温情精致；如水的女人简单清透、善解人意；如水的女人智慧涵养、宽容大度。不管你是多么精明强干的时尚达人,还是中规中矩的小家碧玉,如果缺少了温存清澈的水性,估计这女人之味中便缺少了好几味。

自然界离不开水,我们的生命离不开水。水,可以坚韧至滴水穿石;水,可以凝聚成浩浩长江;水,不亢不卑、至善至柔;水,随物赋形、慈祥博爱;水,供养生息、包容万象。如此水性,有何不妥呢?

老子曰:"上善若水,水善利万物而不争,处众人之所恶,故几于道。"做人,应该如水一样,生生不息,有包有容,至纯至善。

女人也应该杨花。杨花轻舞是做女人的境界,更是做女人的极致。

"春风不解禁杨花,蒙蒙乱扑行人面""无情雪舞杨絮,离复聚、几番寻觅""卷絮风头寒欲尽。坠粉飘红,日日香成阵""细看来,不是杨花,点点是离人泪"——淡淡的愁,幽幽的情,凄凉的景,离别的恨,这轻柔多情,如絮似雪的杨花,在二月春风中漫天飞舞,成为古今文人笔下寄托情思的意象。

折柳送别,亦是先人的一个习俗,柳者,留也。且柳树多植水路边,送别时,无他贵重之物相赠,折一枝水边道旁杨柳枝,表示两两依依惜别之情,寄托了相思,也演绎了一个个典故,一首首的诗词,见证了君子之交淡如水的情谊,

流水,杨花,是两种生活中与我们息息相关的事物,

在诗词中,成为我们寄托情感的意象。喧嚣嘈杂,忧伤,困顿,焦虑,惶惑,像一块块石头,沉郁于心。我们需要活泼,需要浪漫,更需要心灵的舒展。我们闻到的花,是香的;我们看到的水,是洁净的;我们写出来的文字,也是可爱的。每个人的生命中都要有自己的春天,我们心里的春天不能沉睡不醒啊。

您想想,一池春水碧绿,万朵杨花轻舞,这是多么唯美的画面?多么浪漫的情景?在水边、在心里,摆一桌子,邀二三知己,聊四五句掏心话,品七八杯薄水茶,赏湖光山色,沐杨花飞絮,一朵飞舞在心头,一朵停驻在笔端,这该是多悠闲上品的生活!这和轻浮有啥关系呢?不知为何,在文字演变的过程中,这水性,这杨花,怎么就被轻浮沾染了,让清丽洁净的词义陡然变味。

写到这里,想起了"红杏出墙",宋代叶绍翁《游小园不值》:"春色满园关不住,一枝红杏出墙来。"本意是指春天来了,春色正浓,一枝红杏探出墙外,情趣盎然。可一解释,一演变,就成了天下妻子的难堪、世间女子的轻浮。忽而又想到"桃花",桃花是春天的使者,堪称花中之美者。"桃之夭夭,灼灼其华""人面不知何处去,桃花依旧笑春风""桃花帘外开依旧,帘中人比桃花秀"……你看,多温暖细腻的春光。但这样情真意挚的诗词,这样灿若云霞的花朵,也难逃劫难,硬生生背负红尘"烂桃花"的罪名,成了招蜂引蝶的代名词,真让人无语。

草木本无情,杨花亦无思,所有词义的解读或多或少都被作者灌注了私人的情感。其实，文字亦是有生命的，那一个个方块字，就是一句句无声的言语。窃以为，在使用过程中，多一些清明，就会多一些美好。有些解读有失偏颇，我想，可怜的方块字也只能摇头兴叹，心有说不出的无奈和苦恼了。

或许，这也和我们文明古国几千年的文化渊源有关，封建社会，女人被"三从四德"绑架，没有任何的权利与地位，没有自己的意志和意愿，是家族传宗接代的机器，是可送可卖的廉价商品。男人当然容不下女人动人的美、撩人的媚，一有风吹草动，便恐是十面埋伏。这女子的美丽轻扬，自然也就成了男子呵斥讥笑戏谑的对象。你不回家好好烧火做饭，伺候丈夫公婆，养鸡养鸭，喂猪喂羊，你竟然对着天空清唱？你竟敢笑得比花灿烂？你还胆敢"对镜贴花黄"？你你你，好大的胆！这不是吃饱了撑着吗？不骂你水性不斥你杨花，简直不足以平我心头恨。呵呵。

水不动，则为死水，时间久了，便会腐烂变质，抑或结冰僵硬。花不扬，则为干花，没有灵性与妖媚。水性女子温柔灵动且清澈，杨花女人美丽多情且忧伤。当然，做一个"水性杨花"的女子，仅仅漂亮还不够，还要内在的气质与修养，聪明的才智与气度。此生做女人已经很幸福，而想做一个风情万种，"水性杨花"的女人，我看，没有任何不妥的。

美如观音重如铁

一片树叶落入水中，改变了水的味道，从此有了茶。

与各种各样的朋友相交，她们身上不同的能量，能影响着你的一些价值取向。

今天，是茶艺的第三讲，主讲铁观音。我发觉，我已经爱上每周一的这个午后了。偷一点闲情来，不纯粹是上瘾的"瘾"，更是对茶，对自己，对生活的一往情深。

铁观音属半发酵茶，是十大名茶之一，被乾隆赐名为"铁观音"。

赤脚在课中讲，她曾在菩萨前许过愿，要把自己从一个人，变为一百个人，挖掘分享传播茶文化。有情怀的人，便不会拘小节。所以，她每次茶课给我们分享的，都是明嘉院老茶铺的好茶，不计成本。而每一节两小时的课，她都能讲上三四个小时，轻言细语，温和如茶。平时，她是赤脚。课里，她是老师。有人说，她是仙子。

今天她共给我们分享了三种茶，一种是正味铁观音，又分两款，一款是新茶，以香为主，一款是陈七八年之久的老茶，以韵为主。前一款，我们可称之为观音中的"小姑娘"；后一款，且称其为观音中的"中年人"。一种是高山野生绿茶，又称"世外高人""小鲜肉"；一种是布朗山黄片，老班章。

正味铁观音

铁观音产地安溪，乌龙极品。叶子卷曲，颜色均实。形状如苍蝇头蜻蜓尾。铁观音茶香高而持久，滋味甘鲜，有兰花香。七泡之后仍有余香，有些极品甚至能达十泡以上。

观茶闻茶之后，赤脚将茶叶入盖碗，盖上盖子摇几摇，然后让我们闻其香。盖碗近鼻，一阵浓郁兰香直钻鼻尖，这香比未摇之前的干香更香甜馥郁。这个动作，也让我想起喝红酒时的醒酒动作。这醒酒与醒茶，应该是异曲同工的吧？我稍微往后靠了靠，离盖碗远一点，那份香便缭绕缥缈起来，若有若无，淡淡于心肺，朦胧而令人陶醉。

铁观音的冲泡方法与上节课绿茶是有很大的不同的。绿茶用温水冲泡，且按茶叶嫩绿程度的不一样，分上投法、中投法、下投法。而铁观音需要用沸水高冲泡，水温要足，高位冲下，拉出茶气。出茶时，碗里的茶水要滴完，以免茶叶与茶汤长时间混合浸泡而渗透出苦涩味。

这一款正味陈年铁观音，我们喝到七八泡之后仍有料，余香十足。特别是第三泡与第四泡之间，味高香而纯正，喝完之后，口中有东西，用赤脚的话说：比较重。满满的茶气占据了整个口腔，感觉整个人被这一种香所包围。我们平时吃饭喝汤的时候，是不可以发出声音的，否则，会被视为不雅。而喝茶的时候，是需要发出声音的。"咻"的一声，让茶与气一起入口，并在口腔里翻滚旋转，让茶汤与口腔里的每一个味蕾接触，从而更全面地品尝茶的鲜香。"咕噜咕噜"茶汤入喉，感觉随茶气走，有一股热，不知不觉便从后背缓缓升起。好的茶，是带有能量的。它能冲开气脉，舒展人体的每一个毛孔，让你体味到何为酣畅淋漓。

赤脚边讲边泡边不时给我们闻香——盖子香、杯底香、水中香。我发现，各种香也是有区别的。盖子上面的是奶香，杯底里有馥郁的兰香，而高温香带浓浓的青草的味道，与另两种香又完全不一样，这是因为茶分子运动的原因，小分子升在上面，大颗粒分子沉淀在下面，所以，盖碗上香与杯底香，是不一样的香。

八泡之后，赤脚给我们一杯清水，发现，清水过口之后，这浓浓的茶香，依然停留在嘴里，满满的，不离不弃。可见，这正味陈年铁观音，茶气有多重了。

最后，将泡过的茶叶倒入叶底盘，加清水，拌匀，铺开，观察其色泽、嫩度、匀度，检查茶叶有无梗与红叶。这也是检查茶叶优质与否的，最直观最简单的方法。

高山野生绿茶

前几节课，赤脚便讲过，好的绿茶，能让你喝出鸡汤的味道。我一直在想，茶的鸡汤味，是什么样的感觉呢？今天，终于品尝了。

赤脚讲，这一款茶，因为产量少，不入市，所以又叫"世外高人"，也有人称其为"小鲜肉"。当然，赤脚家的也是非卖品。那么，作为这一期的学员，能喝到这样珍藏款的高山野生绿茶，便是一种福分了。

高山野生绿茶生长在长年云雾缭绕的高寒地带，平均日照短，茶叶生长缓慢，具有芽叶柔软，叶肉厚实，高香醇厚的特点，是其他茶叶不可比拟的，属于顶级清明前茶，采茶时间在清明前后三天。

茶荷里的茶叶，一条条毛茸茸的，紧缩而匀实精致，干香透着浓浓的奶香，闻着让人迷醉。赤脚说，今天是阴天，如果是有阳光的天气，拿出来先裸在空气中放一放，舒展一下，茶香将会更加浓郁。万物通灵，原来茶见阳光，亦是会更加优雅生机起来的。

第一泡入口，有同学便惊讶了：这款茶一入口，回甘好快。我也感觉，浓浓的鸡汤味马上出来了。赤脚问：有吗？我说：有。对于我这样未入茶门的人来说，能喝出这样的感觉，说明这鸡汤味确实是结结实实存在的。喝到第二泡、第三泡的时候，明显感觉背后发热，浑身通透开来，有小醉之感，惬意极了。赤脚问：你们可有喝出高山流水的感觉？怎么也形容不出来的画面感，经她一提点，恍若身在清幽山谷中，听虫鸣鸟叫，兰香馥郁，陶醉不已。

一般的绿茶，三四泡之后就没茶味了，而这一款茶，竟能达到六泡之多。释放出的茶韵，竟有如四季之丰富。六泡之后的芽叶，依然柔软细嫩，依偎在杯底，仿佛能掐出水的感觉来。

布朗山黄片

布朗山黄片，属普洱生茶。

黄片其实就是老茶树上生长成熟的老叶子，也就是原料筛选揉捻过程中，老的不能成条的部分。因为老，叶子泛黄，叶黄素极为丰富。所以，又称黄片。

黄片叶片宽大厚实，浓绿中带深黄，泛着岁月的光泽。味重，稍带苦涩，但回甘生津快。香气非常独特，草木本质沉香，稳重而非常男人的感觉。

一片老树叶，经历了一层层时空隧道，生死门槛，最后再历经水的高温冲泡，反复浮沉，终于释放出了生命里最深蕴的清香。茶如人，与茶交，即与人交。这茶，喝着喝着便喝出了人生。能与气味相投的人一起喝茶，并喝上瘾，这是天大的缘分。一定会成为一种美好，存活在我的记忆里。

费尔巴哈说过："你的第一责任是使你自己幸福。你自己幸福了，你也就能使别人幸福。因为，幸福的人愿意在自己周围只看到幸福的人。"

任何时候，给自己泡一壶茶，轻轻啜，慢慢享，细细雕琢内心深处的粗粝，偷取红尘中片刻的欢愉，不将就，不敷衍，让生命留一点与别人不一样的体验。慢慢地，这茶香，便浓了。

赏心乐事八宝饭

文人雅士喜食？梁实秋的《雅舍谈吃》，周作人的《知堂谈吃》，汪曾祺《汪曾祺谈吃》，都那么能讲能吃，且吃得直截了当，滋滋有声。

身边有位"蜜柚樱子"，前段时间，天天在圈里晒，不仅晒美食，还晒美食造型，美食搭配，那个巧与慧呀，看得人佩服不已。

我也是嘴馋之人，谈起吃来，也能眉飞色舞。这不，前几天，有位好友姐姐说，她有个平台，专门讲吃的，叫我写一篇八宝饭给她。我满口应承。八宝饭，童年记忆里的美食嘛，想想口水都"飞流直下三千尺"。没想到，一动笔的时候，才发现，这八宝饭呀，是好吃，但不好做，更不好写。

看来，我才是真正动嘴不动手的纯粹"吃货"。我所谓的吃，仅限于喝茶读书时的一些简单零食，普通的糕糕点点，瓜瓜果果。相比于他们的"食不厌精，脍不厌细"，我就显得粗粝了。

想起童年那会儿,山里面总共也没几户人家,家家户户一清二白,日子过得是如山水一样的零清。偶尔的红白喜事,不管是同村的,还是邻村的,对孩子们来说,都是不一样的。

农村人好客,而且小村子就这么几户人家,绕来绕去多少都有些亲戚关系的牵扯。于是,村里有人生孩子摆满月酒的时候,孩子考上大学参加工作的时候,杀猪宰羊的时候,甚至是哭哭啼啼的白事,吹吹打打的佛事,都会请人烧上几个菜,摆上三两桌,邀大家吃一顿,再喝上几口自家酿的黄酒。

这个时候,主家会提前来邀请,他亮开嗓子,一家一家地喊过去:今天中午(或者黄昏)你们别做饭了,一家人都到我家吃饭啊!当然,叫是这么叫的,也没有人当真地带一家子过去,一般会过去一个人。再客气一些的人家,会再次来邀请,如果家里有老爷子的,那是一定会被拉了过去,请上座的。娶媳妇、嫁姑娘是正事,需要送份子钱,主家就不会这样一家一家叫了。

那时候农村摆酒,也是十几大盘的,各种各样的干菜,比如蕨菜干、蒲瓜干、豇豆干、刀豆干、蛏子干、墨鱼干等,还有各种各样的热菜,比如年糕、番薯粉丝、豆腐、猪肝小炒、红烧肉、田鲤鱼、全鸡、全鸭、兔子等,最后再上八宝饭、罐头、桂圆莲子汤。其实,具体的菜,我也记不太清了,大约是这样子。如果是白事佛事杀猪宰羊之类的,会简单一些，因为是白吃的嘛，如果是婚嫁之类的，就比较隆重一些。吃完了还让你带两块肥肉回家。用竹筷子穿着，每块足有二两重。

大人们在吃着喝着侃着的同时，心里自然还牵挂着家里的几个孩子，那些家里平时吃不到的菜，总是自己吃一口，再夹一点放在桌子边上，等酒席结束的时候，拿个报纸或塑料袋什么的，包起来，带回家里给孩子们尝尝。如果是干货，便直接往口袋里装了。也不是什么见不得人的事，一桌子人都那样。大家都讪讪地笑着，说，也带点给孩子们尝尝。如果全部自己一个人吃饱喝足，前面不留那么一点东西给孩子的，反而不太好意思了。那时候，不需要提倡"光盘"行动，大家都很自觉，自然是光盘了的。

如果酒席在同村，有些嘴馋的孩子便受不了这么长时间的香味食欲的诱惑，酒席才到中场，有些甚至酒席刚刚开始的时候，那大人边上便已经是站着一两位孩子了，显得迫不及待的样子。孩子还不够桌子的高度，站在桌底下，吃得满嘴满脸油乎乎，一双小手，也是黑乎乎的。当然，这样的孩子还是不多的，每次总是那一两位。主家也是不会见怪的。

有一次，妈妈带回了一包八宝饭，妈妈说，八宝饭最后才上来，大家都吃不下了，就让她带回来给我。回家后，妈妈将八宝饭放锅里用猪油热一热再给我。那个香软酥甜的味道，至今还停留在舌尖上。

朱熹说：饮食者，天理也；要求美味，人欲也。

农村人每年到农历十月份的时候，就开始做黄酒。我和爸爸一样，喜欢吃糯米饭。妈妈在做酒的时候，便多蒸几斤糯米，然后将余下的部分，加猪油加白糖，加各种各样的配料，炒着给我们吃。我觉得，妈妈做的八宝饭更好吃，简直是无与伦比的人间美味。这无色无味的童年，也因为这八宝饭，多了些嚼劲起来。

糯米，是制作八宝饭的主料，再配以蜜枣、莲子、桂肉、葡萄干、杏仁、核桃、红绿丝。我不知道人们为何称其为八宝饭，而不是糯米饭，查询了一下，发现八宝饭的来历有好几种说法。

一说是周王伐纣后的庆功美食，所谓"八宝"指的是辅佐周王的伯达、伯适、仲突、仲忽、叔夜、叔夏、季随、季骗等八位贤士。庖人应景而作八宝饭庆贺。

又说是宋时一将军，打败战逃离战场，露宿破庙，在一个饥寒交迫的夜晚，发现了一鼠窝，里面藏有大米小米红枣等各种各样过冬的食物八样，于是，取火煮之，将其熬成一锅，始得活命。传至后世，称为八宝饭。

再说是八宝饭源于江浙一带，经由江南师傅进京做御厨才传到北方。所以，现在宁波、嘉兴、温州还保留着过年吃八宝饭的习俗。

传说毕竟是传说，历史都不保其真实，传说也就信不得多少了。我觉得，这取意八宝饭，估计是国人迷恋数字"八"的缘故吧，不管在什么地方，在国人的眼里，"八"总是最吉祥的字眼。

佛有佛八宝，道有道八宝，皇帝有印玺八宝，民间有俗八宝，甚至，多年生草本植物里面还有一种草，也叫八宝。更别说最贴近民生的食物命名了——八宝鸭、八宝鸡、八宝糖、八宝粥、八宝饭、八宝粽子、八宝猪肚等等。简直是"八仙过海，各显神通"。

八，作为吉祥元素，已被各个地方，各种场合，赋予了各种各样的寓意，担负了人们盼望幸福，祈愿吉祥的重任。

所以，过年吃八宝饭这习俗，能够代代流传下来，一直不曾遗忘不曾更改。而且，这八宝饭，现在是越做越精致，越做越有寓意渊源了。用梁实秋的话来说，要做好八宝饭，是要"不惜工本"的了。

迄今为止，这也许是我吃过的最有文化味儿的一碗饭了。

咸菜烧冬笋

味道，味道，有味才可说道。这味，讲的是本土味，这道，可以天马行空，行行有道。

木心说过，最好吃的食物是蔬菜豆类，哪里是熊掌燕窝？木心还说过，生活是好玩的。木心的文字与其人一样，情余言外意味深长，耐人寻味与玩味。

我吃饭是不讲究的，粗茶淡饭，吃饱喝足即可。如果蔬菜豆类燕窝熊掌能兼得，也是不错的。此外，再虚设点余闲，便可得"道"了。好玩吗？好玩的。

只是，虚设也是挺难的。没有小木屋没有火炉间没有蛋丝酒，更别说熊掌燕窝了！唉，过年了，拿什么来记挂！妈妈说，你做的咸菜烧冬笋很好吃么。哈哈，是吗？是吗？这是己亥猪年首次修来家人舌尖的愉快，那就试试吧。

咸菜烧冬笋。

咸菜是文成山里的咸菜，冬笋也是文成山里的冬笋。冬笋只叫冬笋，但是咸菜又叫烫菜，烫菜又分大白菜烫菜与九头芥烫菜，九头芥烫菜比大白菜烫菜要略赢吾青睐。当然，不是因为它有九个头的原因（这名字取得有点吓唬人，我细细找过，从头到尾它只有一个头），而是它有一个非常风花雪月的艺名——雪里蕻，这就让素面朝天的大白菜稍逊风骚了。

李商隐有诗云："嫩箨香苞初出林，於陵论价重如金。皇都陆海应无数，忍剪凌云一寸心。"咱先不看它的凌云壮志，先论论价。唐时初出林之笋价已重如金，那么那些还在地底下未来得及探头探脑、尘埃未染的笋，便是千金万金了。由此得出，这笋之贵，是世袭的，并不是三代土豪修炼得来的。

"尝鲜无不道春笋"，冬笋比春笋更名贵。

鲜是美味的来源。现在的我们，基本上都居住的钢筋水泥格子里，想要从山林里随手挖来摆上餐桌的美味，已是不易得的享受了。那么，要做好这一道菜，食材挑选这一关很重要。买冬笋时，首先看"气色"看"穿着"，笋衣要金黄而带光润，看起来光闪闪娇滴滴，而又无半点俗气的为上品。其次看品相，看整体，要选穿戴整齐，有头有尾的，有些笋，被锄头破相，要么衣冠不整，露出肚皮，要么缺胳膊少腿，这么不周正的，最好不要，除非你当天食用。新鲜完整的笋，存放冰箱月余而味不离其鲜，可以时时拿出来解解馋。

如果不是匆匆忙忙赶时间，买笋时能聊上几句就更好了，瞧一瞧商家五官三官完整否，眉梢眼角端正否，人可貌相。这是经验之谈，不无稽，因为我就吃过亏，一蛇皮袋的冬笋，只上面几根是鲜嫩的，底下的都不够新鲜，有的甚至出水发黑了。这是"金玉其外，败絮其中"。唉，"无商不奸嘛"，比如我，总挑好的讲。

当然，这是个例，老百姓都还是善良的。我也是善良的。另外，生活很不容易，遇见这类事情，权当是在做积德善事吧。

食材挑选完了看刀工，"嚓嚓，嚓嚓嚓"，案板上走出来的是香气，是竹林，是葫芦丝，甚至是蒲扇轻扬衣裙飘飘的七贤，哎呀，这情形，不知是哪年哪月修来的福分，小小厨房，顿时知冷知暖起来了。很快，案板上落满雪白雪白的一片片、一堆堆，匀称而轻盈，兀然有艳遇的感觉。

"独爱竹林空气清，径幽草碧鸟儿鸣"，可以谈一场清新的恋爱了。

冬笋切好后入锅也是有讲究的，锅是冷锅，水是冷水，开灶火，等笋煮开了，再加入雪里蕻，加油盐继续煮。这黄不拉几浑身散发酸腐味的雪里蕻（这家伙是标题党，名不符实）一下锅，便挟住冬笋细皮嫩肉的小蛮腰，纠缠不息，不见半丝君子风度。不过，这俩还真是比较搭。"咕咕，咕噜咕噜咕噜"，不一会儿，情绪沸腾，清香四溢，小小锅盖如何抵挡得住？它们又唱又跳踏浪而来，改头换面水灵明媚而清新，令人惊艳垂涎。食色，性也，食笋，欲也。如此美色，可抵挡？难挡，难挡矣。

从此，对舌尖之欲，对朝思暮想这个词语，又有了更深层次的理解。

熟了。上菜。

吃的时候，也是有讲究的。天气最好是冷一点，再冷一点儿。弄个小火锅，滋滋然，点个小蜡烛，听雨歌楼上，如此，口福艳福皆不浅，吃的氛围就相当闲适与满足了，吃的过程，就足以寻味与玩味了。

当然，这是不计成本的美梦。这冬笋，对于"无产阶级"来说，也是蛮贵的。最贵的时候，市区菜场卖35元一斤，最大的一根也没巴掌大，再剥皮削筋，剩下的就只细皮嫩肉的一丁点儿。如果再论一下斤两，那价格就超过35了，估计要翻个筋斗吧。数日后，行情略有回稳，价格降到25元，再过半个月，降到18元，然后会在15元至18元之间动荡比较长久的一段时间。

东坡先生说，"可使食无肉，不可居无竹。无肉令人瘦，无竹令人俗。"为了饱欲，为了愈俗，我去文成的第一件事，就是去菜场里寻找冬笋，寻找我的"青梅竹马"，是的，青梅竹马。这笋之爱，从天真无邪的童年开始，从来未曾沾染半片尘埃。

有一位老师也特别爱吃笋，他交代我，有回文成，就帮忙给他捎带些冬笋。山里人纯朴，不管城里价格如何过山车，他们的冬笋基本上都是卖五六元钱一斤。这价格，让我站在菜场里的姿态就舒展了不少，一伸腰便有了咸亨酒店的优越。

咸菜烧冬笋不只是我个人之爱，更是乡亲们餐桌上的大爱。"花配花，柳配柳，破畚箕配破扫帚"，乡亲们只喜欢"咸菜配冬笋"。当然，吃笋的方法很多，但咸菜烧冬笋，已经变成了老家人舌尖上固定的美味。

写到这里，脑子里突然跳出一个怪念头：这粗俗酸腐的雪里蕻，怎么就替代了一袭清气的青梅了呢？

天底下万物，估计大自然也是照看不过来的，谁又能讲得清楚呢。

呵呵，这联想远了点。猪年讲讲吃，这一年，除夕邂逅立春，这一年，咸菜烧冬笋邂逅我；这一年，立始建，春伊始，冰霜解冻，虫芽苏醒，东风正予，这笋，正接二连三从地底下冒出尖来，马蹄哒哒，奔赴尘俗。修行去吧。

饮食就是修行嘛。

绍兴随笔

　　大凡入境者，总有入心之处。比如景，比如字，比如人。

　　从绍兴归来已有时日，这文字的记录，却迟迟未有动静。老童鞋在那边问：你在忙什么呢？忙于日子，忙于生计，也忙于寻找一种状态 —— 如何与文字融洽对话。

　　文字，是一朵清居的莲，是一位曼妙的女子。不走心，不入境，怎能读懂她的唇齿轻启？"草色遥看近却无"，好几次柔情万般，却碍口识羞，只能默然相对。也罢，"吟安一个字，捻断数茎须"，这事能急？

　　是夜，云樱醉木，相约清泉石上，听古琴清音溅玉，品禅茶古色古香，一根青藤向上攀爬，使枯木绿意盎然，蓬勃生机，几片青苔执着砂石，让心房洁净清照，豁然开朗。一股文之激昂跃然心头，情之缱绻暗香盈袖。熬一双熊猫眼，写几个性情字，此为前记。

一

　　有人说，绍兴是鲁迅先生用一生缝制的一件中式长衫，三味书屋、百草园、咸亨酒店是布衫上的几个盘扣。这种比喻让我意兴盎然，到底是先生，这裁缝手艺之精湛，让后人拍案叫绝。照这么说的话，沈园之词、兰亭之序、徐文长的青藤，该是这件布衫上几处浓墨重彩的手绘？

对绍兴向往已久，从《故乡》《社戏》《孔乙己》到《从百草园到三味书屋》。我也跟先生一样，总想从纷扰中寻找出一些闲静来，想看看，先生"冒着严寒，回到相隔二千余里，别了二十年的故乡"，如今是哪般的模样；想温一壶酒，要几颗茴香豆，或坐或站在咸亨酒店里，回放一下那时那般的光景；还想拉孩子们钻到百草园的墙角，看看"碧绿的菜畦，光滑的古井栏，高大的皂荚树，紫红的桑葚……"

动车下来直奔鲁迅中路，车外道路开阔平坦，绿植鲜花影影绰绰，高楼大厦耸立云霄，一个现代大都市格局扑面而来。不免心生纳闷，这就是我心里念念不忘的江南水乡？出租车司机及时释疑：这是绍兴新城，那幢最漂亮的大厦是新建的能容纳万人的体育馆。之后查了查资料，发现这是个真正意义的"新城"，没有破坏旧貌，非重建于珍贵的废墟之上。当地政府对古风古貌的保护，从此亦可略见一斑。

转几弯，街道渐窄，屋舍渐古，林荫渐密，岁月的尘烟越来越抵心房。两旁鲜花次第开放，恣意而饱满，几不见枯萎颓败。楼层皆在六层之下，青砖黑瓦，有墙的地方，便有青藤蔓延，遮盖了岁月的痕迹，依稀能见发黄的时光。至此，一个有历史的江南水乡，在内心婉约舒展。

车在鲁迅中路鲁迅故居前面停落，因是假日，故居前
各个旅行团队聚集成堆，人头攒动。我们是拖家带口的散客，
自然以"散漫"自居。既然寻旧迹而来，入住的宾馆当然
也不能太"摩登"，适宜闲适清幽。黄豆豆小童鞋功课做足，
网上预订的宾馆甚合吾意。

中路拐角处，只十几米距离，便远离了喧嚣俗尘。黑
瓦白墙，青藤绕梁，居是静舍，胜似桃源。屋高一至两层，
层层递进，每间屋后都有一小院，篱笆为墙，窗台下种满
了玉米果蔬，长势娇憨。

一栋商业宾馆，坐拥如此繁华地带，定应楼高齐浮云，
没想到"百草静舍"，真如其名之雅，不居屋宇之高，亦
无商尘之狭俗，平楼木窗，粉墙黛瓦，走入静舍，犹如走
入了历史的老街深巷。

二

江南之雨是通灵的。

这雨水，像是约好了似的，从我们入住开始，便零零
散散，继而淅淅沥沥，敲在古越的城墙上，发出清脆的声响。

"垂虹玉带门前来，万古名桥出越州。"绍兴是桥的
故乡，水的摇篮。两岸民居枕河，石巷弯弯，柔橹声声，
扁舟咿呀，放眼望去，"白玉长堤路，乌篷小画船"便从
那历史尘烟处逶迤而来，目光瞬间迷茫在这时光深邃处，
再也不舍得收回。

故居与书屋隔河相望，亭台楼阁居水中央，屋角临河，

青苔爬墙，雨水顺着屋檐滴滴答答，翰墨书香在这湿漉漉中氤氲弥漫。墙头上的藤蔓高低错落，绿得浓重，走近了看，越发热烈而滋润。不屈不挠，不亢不卑，清幽幽水灵灵，一股清新洁净的气息，大概内心便是这样期盼的吧。很喜欢先生斗志昂扬的文字，凑近了读，这一墙一院，一瓦一砖，一藤一蔓，越发地清越激昂，坦坦荡荡，无不落满了先生的气息。

生在江南，长在江南，喜欢江南的温婉与清秀，但此江南非彼江南，山里的江南比之水乡的江南，似乎又少了点妩媚生动、儿女情长。

烟雨锁江南，江南的雨，是有颜色的，淡淡的水粉，涂抹着时光的河岸；江南的雨，是有姿态的，袅袅婷婷，柳烟花雾，似有还若无；江南的雨，是有情爱的，岁月风沙，红尘白浪，唯其裹足不前，与尘世不离不弃。细雨如麻，旧梦如织，站在斑驳的古桥上，思绪突然跑偏，偏得漫无边际，那一场雨啊，恍惚触手可及。

真想脱了鞋子，丢了雨伞，赤脚奔走在这湿湿的青石板上，最终还是犹豫于左右，装模作样，淑女般，走得端端正正。想来，我的真性情，亦是被现实捆绑，一如陆放翁的情长。任是山盟海誓，琴瑟调和，又如何能躲得开父母的谆谆告诫，语重心长？罢罢罢，"东风恶，欢情薄，一怀愁绪，几年离索！"一堵清冷墙，演绎了一场爱情的绝唱，旷古绵长。世间有多少个版本的爱情，心念沈园最情长！

三

一座城，有如一个人，初识时，首先是其外在的风韵气度打动你，然后才是谈吐气质、内在品位吸引你。爱上一座城，无关乎某一个人，但真的是这城里面的人。

这里的流水很慢，小船悠悠，晃到前唐；这里的言语很慢，吴侬软语，拂面轻扬；这里的生活很慢，木窗棂里透出的光，像久远岁月的思念，朦胧、温暖、悠长。

景区的 8 点，该是早餐生意红红火火的时候，可这里的早餐铺还睡意蒙眬，悠然卸着门板，不慌不忙。灯火升起的晚间，该是夜生活开始的时候，这里的店铺却基本上都已早早打烊。

一老者在兜售藤编小动物，一矮凳、一旧布，席地而铺，现场制作。不管你买与不买，只要你凑近他的摊位，他就会笑容满面，热情介绍，沉醉在自己的作品里。他说，现在能有这种手艺的人，整个绍兴城找不出五位，他说自己年纪大了，想找一个传人都没有。他说作为这一门手艺的代表，他曾经接受过某电视台的采访。我在绍兴街头晃悠了三天两夜,总在不同的地方碰到这位老者,每次,他都坐在别人的门前，埋头手工，满脸专注，雨在夜灯下断断续续，零零散散，看上去有些落寞与孤独，但谁知道他内心的富足？

早点时，我要了一碗排骨面，我想在面条里面再加一个荷包蛋，"店小二"说：不行的，要加就加一份荷包蛋面。心有疑惑，便起身去问一位看起来像老板的人，他说：我不是老板，我们这里是集体企业，菜单上没有的，我们就不做。不禁哑然失笑，原来，这一份"慢"，无一丝铜臭味，竟还是这么可爱的了。

据说成都的一天，有十几万人在茶馆打工，成都人生活得安逸是出了名的，但他们喝茶、聊天、麻将、晒太阳的同时，还是要聊出惊人的生意来的。

绍兴人的慢生活，是一种真正的心灵休憩。他们满足于最平凡的口腹之欲，他们安稳于最现世的普通人生，他们眉眼低垂，温婉含蓄，知足而乐。

时光安静，漫步在绍兴的街头，任何一个角度，任何一段时间，不经意地回眸，你都能找到人景诗意的空灵。一壶茶，一卷书，或者一碗黄酒，几粒茴香豆，都会是一首静静的诗，清雅的画，都能邂逅岁月里的散淡与惬意，绚烂与富足。

慢生活，因慢而安逸，这是一种健康的心态，是存在的方式，也是一种驾驭幸福的能力，与您的资产不成正比。这一种生活的态度，端的是一种悠然。在这个泥沙俱下的快餐时代，安逸，是否应该成为一种生活坐标？

一个人的魅力，不是几件漂亮的衣服就能糊弄的；一个城市的魅力，也不在于它有多少幢高楼大厦，而是它有多少底蕴与内涵。

书香梧溪，山水武阳

上一刻，参与文成县首部微电影拍摄，我还是戏里的巧珍，苍颜白发，背曲腰躬，颤颤巍巍入席刘基一年一度的太公祭"伯温家宴"宴席。

下一刻，受邀县文联，参与2014文学创作笔会，铅华洗尽，迈出游戏，一袭旗袍，两寸鞋跟，九分喜悦，精神百倍，赶赴武阳那一场"山风"山水笔会。

这不是一出戏，这正是一出戏。历史长河，浩浩荡荡，人生不过短短百年，百年里，你出演的，何不是一出戏？

梧溪，武阳，一个是富姓人家，诗书望族；一个是刘氏血脉，仙风道骨。一个在山脚，书香门第，世代耕读；一个在山顶，神机妙算，叱咤风云。20多里的盘山路，不过一条溪流的距离，溪上那座桥，几百年前，或许只是简陋的碇步，便也成了刘富两家族世代联姻的必经之路。

梧溪有《富氏宗谱》记载："富氏第十二世孙宋咸进士应高公于元至元三十一年（1294）自南田泉谷始迁梧溪。"

原来，梧溪富氏本自南田迁来，这700多年前的邻里渊源，与刘氏家族世代联姻也就不足为奇了。

环水而居，碇步与桥，是一处风景，亦是一种牵引。数块方石，几缕青苔，承载起了梧溪永不磨灭的历史记忆，越是简陋，越是长久。

这一天，微电影《伯温家宴》杀青，我驾着小车，从梧溪桥上驰骋而过，驶向武阳。那一年，你刘家的花轿是不是也从这桥上急急而来？唢呐笛子的欢奏，是不是掩盖不住你当时喜悦的心跳？面如冠玉，布衣韦带的你，是不是紧随轿旁，透过隐隐的红布帘，时不时偷看富家的闺女头戴凤冠、身披霞帔，端坐轿中那一张羞红的脸蛋？一代又一代，花轿从梧溪抬到武阳，从富家抬入刘家，抬进了历史那厚厚的书扉长卷。

总在想，一间茅舍，几缕炊烟，鸡犬相闻，儿女承欢，疏离乱世，渔隐武阳，这天伦，可曾亦是你所想？罢了罢了，这只是我小女子的一厢情愿。

南田武阳，四面环山，高居山之鼎，水之畔。《南田山志》记载：有史传说，刘基的高祖刘集，因受战乱之苦，想找处"世外桃源"安居乐业，于是按习俗向山神"求梦"，结果梦见执羊头而舞，寻访之中，看到一处地方颇合心意，问地名，说是"武阳"，恍然悟梦"舞羊"，遂自丽水迁居至此。

传说仅仅只是传说，但这确实是一块真正的精神领地。有帝王将相之地，定会有帝王将相之气，似乎历来如此。

驶近武阳村口,路边那几株需数人环抱的大松树,盘根错节,静默威凛,令人肃然起敬。目光绕过那树冠,绕过那山峦,绕过那历史的云烟,我看到你左手持汉青书卷,右手轻摇羽扇,一身正气,满目慈祥,呵护着这一方山水,温暖着这一方的黎民百姓。

村前是几百亩的荷花池,千百万朵粉红被簇拥在墨绿的荷叶间,风动处,如粉色海浪翻涌,眉眼鼻息处便沾满荷的清香。这一块洁净地,胜似"世外桃源"啊!我该是早就来看你的,很惭愧,作为文成人,对你的慕名,却是迟迟始自初中课文《卖柑者言》。此时,唯有贴近山水,或是离你最近?或能与你交谈?当繁华与宠爱已成往昔,当苦难与病痛相拥而至,当冷落与误解如霜降临,还好,你依然昂首天外,用你最顽强的姿态,最博大的胸怀,如莲花般绽放,朝向爱。

清晨与文友们步入刘基书院,亭台轩榭,楹联碑石,云卧寒山暗香疏影,鱼栖池塘淡泊处世。此书院并非少年刘基真正读书处,是几年前拍电视剧《刘伯温》时留下的,比之青田的石门洞书院,略显空荡破败,稍稍荒芜零乱,让我瞬间滋生出些许莫名的感伤。透过那一道厚重的木门,那几扇陈旧的木窗,我仿佛看到书案前,你孤独的背影,我听到空旷处,你沉重的叹息:"把清魂化作孤英,满怀忧恨谁诉?"

院中有一池塘,水并不清澈,池中散落的几株荷花,孤独冷清,不似村口那一大片的繁华,它们努力地从池塘中探出身来，吐纳芬芳。我弯腰注视，发现池中有数尾红黑鲤鱼，不疏生人，反复绕亭游弋，泛起的水波层层。这池塘，在一方山水里，位置是最矮的，姿态亦是最低的，而正是这最恰当的姿态，默然静立，站成一处岁月的永恒。

晚饭后，凉风习习，繁星点点，漫步在武阳的天空下，刘基研究会的雷克丑老师一边走一边解说，恍惚间，那探寻历史的声音，像是从林子深处幽幽传来的，那是四书五经的翻读，还是《郁离子》的吟诵？

夜静了，心便空了。倚在床上，听蛙鸣虫吟，我用心，与这个天籁之音回应，历史也便与我应和相融了。那一声声低转耳语，是历史深处传来的疼痛呻吟，比之五雷轰鸣，更能让人振聋发聩。和衣辗转，思绪万千，多少颠簸的尘土，多少愁苦的心绪，多少未酬的壮志，多少疼痛的隐忍，你定是深夜挑灯，伏在案头，将其一笔一墨刻画入历史书卷。"阶下青苔砌上莎，春深烟雨自相和。幽兰生在空山里，纵有清香奈尔何？"曲高和寡，从来如此。身处乱世，满腹经纶难与诉。

这人生的困窘，是历史的悲哀，或许更是历史的必然。谁叫你那么入戏呢？身为开国军师，你神机妙算，运筹帷幄，你慷慨给予，毫无保留，戏里，你只是一位配角，你硬生生把自己演成一名主角。你把主角的台词都说了，你让主角情何以堪！不知谁说过：安宁与自由，谁也无力兼获二者。你胸怀磊落，眼观社稷，你两袖清风，一心助主，你指点江山，心无旁骛。自由者，定会得罪太多，那么，谁还会与你安宁呢？

还好，山水是清秀的，能同你的灵魂一起逾越险恶的峰顶。在山之顶武阳，你依然胸怀大志，忧国忧民；你青灯黄卷，笔耕砚田，《郁离子》横空出世，这一政治、军事、伦理、道德和哲学思想，得以恩泽后人，熠熠生辉。

你悲悯苍生以立德，你运筹帷幄以立功，你著《诚意伯文集》以立言，你的聪明，后有来者？洪武八年（1375），你却烟消云散，真正地走入历史尘烟。有多少个版本啊，一说你饱受冷落，郁闷而死，一说你面朝东方，吞金而死，一说你为奸人所害，遭荼毒而死。而你，为了你的子民不因你而受伤害，死得悄无声息，没有留下只言片语的埋怨与解释。你的善良，你的宽容，你的沉默，你的大智若愚，让刘氏的后代见证了你的大爱！

正己修身、持节不移是你的为人风范。"身处逆境，自强不息方为强者"，你就是一部史诗，你深厚的思想，影响了整个刘家子孙，甚至延伸到了文成、温州、浙江，乃至整个中华大地。文成是著名的"侨领之乡"，有10万多人遍布海外各地，在我们国内大大小小城市，也遍布我们文成人的足迹，他们吃苦耐劳，朴素无华，他们温厚善良，友爱仁慈，他们坦诚待人，严于律己，绝不会"金玉其外，败絮其中"。

三天笔会，"逃亡"两天，没有美丽的邂逅，没有闪光的碰撞，笨拙而迟钝的我，惶惶然入戏，可我，是热情的，是虔诚的，把心融入山水，可否，用心神与你交换片刻的默契？

梅雨潭，朱自清笔下的精神深潭

使我真正意识到绿，是朱自清笔下梅雨潭的绿。

"这平铺着，厚积着的绿……宛然一块温润的碧玉，只清清一色，但你却看不透她！"

于是，这发着离合神光的闪闪的绿，便也招引着我，一直在我内心郁郁葱葱，俊俏挺拔着。

绿，对出生于农村的我来说，是不陌生的。

"绿树村边合，青山郭外斜。"那是孟浩然的绿，是山村里的一种清幽开阔、清新而愉悦的绿。抬头青山绿水净土，低头烟火桑麻人家，鸡犬相闻，怡然自乐，盛唐诗人当年对闲适恬静的向往，仍然是今天我们的向往。岁月更迭，草木洞悉，我们仰面在密不透风的钢筋水泥墙里，闪躲在拥挤人群的缝隙间，汲取绿，探索绿，微微战栗，隐隐动容，渴望岁月静好。这是绿意的最初之渡，源远流长。

"绿蚁新醅酒，红泥小火炉。"这是白居易的绿，温暖的绿，芬芳的绿，言短味长的绿，溢满了诗情与画意。

深冬，窗外飘着小雪，小麻雀在裸露的电线杆上蹦蹦跳跳，雪地里探出头来的那一抹绿，炉上酒壶里浮着的那一抹绿，该是如何至臻的美。草木四野舒齐，光色温和幽微，漫天风雪，也不过是为这绿做的铺垫而已。多少的荣华富贵，多少的辛酸寒碜，只不过是苍茫天地的匆匆过客，唯这浩浩荡荡的绿意，疏朗辽远，繁生茂长，才是这个世界真正的永恒与存在。

"知否，知否，应是绿肥红瘦。"这是李清照的绿，是青春的绿，情感的绿，生命的绿。海棠虽好，风雨无情。生命一步一境，曲折而悬念，又有什么花能长开不谢呢？春夏秋冬，清明谷雨立秋寒露，光阴一波波的，生命的景色也一波波的，岁序枯荣，绿肥红瘦。奈何？风雨伤芳春，不止是个人的，也是一个时代的。

绿是沉默幽寂的，她包容倾听，她潜伏繁殖，生生不息，在大地深处生机勃勃，一路迤逦。我们常常被这些"绿"的故事打动着。

谦卑的苔，细微的草，高大的树木，暗淡老房里的一株，铁栅阳台上的几盆，都能带来美学与精神，都能带来遐想与希望，撩拨心弦！

绿，是大自然的灵魂，是大自然最美丽的肤色，是上帝赋予人类最珍贵的礼物，是所有生命的理想国，她纯真，谦逊，整饬，她洁净，明澈，深邃。

其实，这梅雨潭，早已不仅仅是这个梅雨潭，她早已变成千千万万个梅雨潭。这平铺的厚积的绿，被盘来盘去，早已包浆，发着水泽温润的光。那深不见底的绿，是大自然赋予人们的一湾精神深潭。她在瓯江山水的耳边喃喃絮语，甘洌清芬，透彻温婉，一尘不染。

　　此刻，我坐在梅雨潭湿漉漉的湖畔，看阳光驱散薄雾，看水草花香温软，不是吗？希望仙岩大地上这块最美丽的珍珠，不管走多远，依然晶莹剔透，熠熠发光。

楠溪山水，一种精神的海拔

楠溪江畔邂逅雨

一场雨，是一首诗的试探。

山雨欲来风满楼。雨酝酿了良久，风思考了良久，然后，噼里啪啦，像灵感到来一样从山尖从云端翻滚而下。

雨声哗哗哗，笔端刷刷刷。山宁静水优雅，它们已经习惯于这种惊慌惊叫惊讶，奔跑的步履惊扰不了它，甚至那几朵手拧长发摔飞的水花。偶有几张面孔潮湿嘴唇紧闭的花骨朵，从山涧中探出湿漉漉的脑袋张望一下，并不说话。我想象不及。

雨停，风止，山水又自顾清雅。

楠溪江水之深浅

楠溪水幽深又清浅。之美之矛盾，之互补之共谋，独一无二，源于它内部其他的生命。

竹筏在水面上行走，筏工在竹筏上歌唱。姑娘是江中水母的化身，身穿火红的衣服，任性地甩着呼啦圈，那一抹水上的轻盈与虚幻，可正是楠溪永昆人舞台上甩出的水袖？

捕鱼人动作娴熟地从鸬鹚嘴里掏出鱼，鸬鹚们排好列队，仰望它们的船长，那目光里有卑微也有景仰，有思索也有欲望，它们是不是在想——为了活着，人与动物，如何在一条船上和谐登场？

赤脚采在竹筏上，溪水从十根脚趾缝隙间涌动，游鱼在竹筏边追逐嬉戏，花蝴蝶扭着细腰肢，它们翩翩跹跹，一路和羞伴。

我的目光长时间停留在一个物体上。那些鹅卵石寂静无声，坚硬又柔软，有的沉静在水底，有的在岸上，它们用目光，记下一批又一批不同身份、有着不同目的游人。它们的文字简单，它们的心思朴素，它们的思想在水底里扑闪着光。

楠溪江充满生命的律动，拥有善良的力量。它每天以不同的姿态翻阅耕读人家的文章，放眼丈量，丈量竹篙的长度与水的深度，丈量诗书与礼仪的长短，袅袅身姿，占尽水中风流，它深邃的目光里一定包含和隐藏着什么。

坐在竹筏中，清凉的溪水一遍一遍洗涤了心中的欲望，又长出一个欲望——想写一首诗，关乎人之初之善，关乎耕之苦读之乐，关乎思想的光芒，把它放在翠如玛瑙绿玉髓的山中，也能熠熠发亮。

楠溪江畔云的语言

白云乖巧温暖，却不暧昧。

它们在峰尖上，在坡的正面侧面反面，它们在峰腰峰底，从江里水里千丝万缕渗透开来。它们离我很近，它们又离我很远。

它们漫过我的周身，我的灵魂也泛着如梦如幻的白光。我甚至分辨不出云和雾，我分辨不出它们的年龄性别和真实形态。没有答案，它们只是一些影子，浩如烟海的语言。

是的，影子，到处都是它们的影子。影子是它们全部的语言。

那山那水那人那些绿色的濡染，山歌的对唱，筏工的呐喊，甚至一片叶的凋零，一场雨的奔跑，都能让你在影子里看到自己的模样，在无声的语言里了然于心、于澄澈的思想。

它们是白色的火焰，点亮我灵魂深处未被照亮的黑暗。

它们是白色的海绵，吸汲着我瞬间涌流的记忆的潮水。

记忆中还有一个花坦，与未谋面的那位花坦姑娘。它们使我忧伤，我的泪腺在膨胀。我不能泄露，这是我们十二位老友共同的秘密，如同关系紧密的楠溪十二峰。

我把记忆往白云的深处推了推。

既然汲出我的记忆，那么就让你来收藏吧，收藏在干净的永嘉山水间，收藏在高高的石桅岩中潜修默隐。

楠溪江畔岩的隐喻

楠溪江的岩石懂得大片留白。

上面既有生的一部分，也有死的一部分，它们生死相依，患难与共。但这"死"，是粗相表相假象。岩石深深的罅隙里，依然被生命填满。各种藻类真菌，繁茂而昌盛，构建一个理想的生命温泉。

它们朝着雨水，朝着阳光，拱起身子，欢腾雀跃，散发出光，散发出色彩，散发出生命蓬勃的力量。

我卸下身上笨重的饰品，将心轻轻地贴在楠溪江的山水岩石上。

岩石静谧，但我分明听到了虫鸟喧闹草木欢舞，听到了苔藓世界辽阔而深邃的对话，听到了生命的脉动与奔涌，听到骨头在血液里的伸缩舒展。我噤声不语，我的寂静，让各种声响都变得格外生动。

我习惯于这种岩石般的沉默，我体会到一种熟悉的回归，我是山里人，与大自然的思想情感交流没有任何的障碍。我用我的方式参与到永嘉的山水之中，这声音，这光线，这色彩，便也丝丝缕缕嵌入我的身体。

绿意，从楠溪江的岩石缝隙中慢慢往上爬，从楠溪江水的两岸慢慢往上爬，也从我内心深处往外蔓延。什么样的山水可温婉一世？

你看，永嘉。

楠溪山水，一种精神的海拔

掏空，再掏空，掏到只剩空。掏到能把这些美好都装上带走。

"朴素而天下莫能与之争美。"好一个山水隐逸、乡情疏朗的朴素之美！

我盯着它看，我看到溪水之波依然平静，祠堂之柱依然光泽，脚踩之石依然坚硬，耕读之传承依然朴实。

我看到溪鱼飞跃，想入水又想离岸，荻芦摇曳，水鸭成群，儿童嬉戏，羲之研墨挥毫，灵运裹粮策杖……

三百里的渔樵耕读，魏晋时光，世界地质公园，中国山水诗的摇篮……

透过一滴水一朵云一块岩石，打开一扇小窗口，凝视一个小村庄，便窥见自己内心的整个世界。放下杂念，张开怀抱，我想努力去接纳，这种山水隐喻给予的丰富礼物。

黑白飞檐挑起我归隐的欲望。我推倒内心厚重的钢筋水泥城墙，我的梦境从心里飞出，像溪鱼在水里飞跃。

这种美，这种对美的向往与欲望，我既无法抒情，又无力白描。我的语言在我的思想中孤立，表现得浅拙惭愧又慌张，我想动用各种名词，使用各种修辞方法，但它们绕着圈儿或者干巴巴，迷失漫游甚至径自跑开，让我无法表达。如果可能，我想像马可·波罗一样，使用物件和首饰，使用深情和目光，打着手势告诉你，楠溪江，多么纯真多么美！

"山间一壶酒，独酌无相亲"？

不，不，不，山水桃源，耕读人家，"往来无白丁"，日日"高朋满座",它们是清风明月竹林,它们是砚台笔墨远方。孤独是没有的事,耕为读之本,水为山之依,人与自然,构建出理想和谐其乐融融的生活家园。

楠溪江悠闲富足,人寿年丰,这是耕读文化的传承,顺天知命的谨慎。

我在永嘉山水间停留了一日,永嘉把我带到了更远的地方。

遇上雨遇上云遇上人,遇上远方和诗,仿佛已经遇见一个世纪。这些遇上,让心底间那些无法发芽的隐私,突然间淡然无痕。

嘤其鸣矣，求其友声

无穷的远方，无数的人们，都和我有关。

——鲁迅

一部国产电影的精神出轨

——《我不是药神》观影感

> 我反抗，故我存在。
>
> ——加缪

　　"轨，车辙也。车行迟，故尘埃不起，不飞扬出辙外也。"

　　出轨，20 世纪的交通词语，引申为现在的一种社会现象，一个文化名词。这引申过程就是一种出轨？

　　一个词语，经过岁月的淬炼演绎，从冰冷的物性理性走到温暖的人性，突然就有了血肉之躯，这种出轨，是能让人心跳让人感动的。

　　一部电影，跳出生活时俗常态，有智有勇有坚持，具有博大的人文关怀，这种出轨，是能让人灵魂惊艳的。

　　《我不是药神》场景简单，描述平实，演员颜值不高，但个个演技爆棚，表演很真实很认真，然后，电影院里的我，我们，我的孩子们，一下子就被他们打动了。

　　"我不想死，我想活着。有错吗？"这布满皱纹的脸上，这几近乞求的声音，这对生的纯真直白的表态，有如雷霆，让心颤栗，泪水开飙。不管看这部片子前做过如何的心理准备，到底没忍住。

"把他们都放了。"

曹警官把一群白血病人带到派出所录口供，但没有一个人愿意供出药贩子。

"你把他抓了，我们就活不成了。这药假不假，我们能不知道？这药才卖500元一瓶，药贩子他根本没有赚钱。谁家能不遇上个病人，你能保证你一辈子不生病吗？"老人家一席话，讲得曹警官无言以答。他得知，"假药"不假，而是真正能给生命以希望的真药，他内心的道德标准干预了他作为执法者的身份，法不外乎人情，他拒绝办案，他请求退出专案组。

曹警官，在生命面前，他作为执法者的理性出轨了。

"我是基督徒，违法的事情是不能做的。"

当程勇告诉他，卖这个药能治更多人的病的时候，牧师的信仰动摇了，他忘记了上帝，忘记了自己的宗教职位，参与到他们的队伍当中来，成为一名功不可没的"药贩子"。他为程勇争取到了代理权，他甚至率先动手砸了假药贩子张长林的台。

刘牧师，在生命面前，他要药不要上帝，他的信仰出轨了。

"他才 20 岁，他想活着，他有罪吗？！"

程勇撕心裂肺地怒吼。黄毛，一位来自农村的白血病患者，怕自己的病连累家人而离家出走。为了帮助其他的白血病患者，孤身犯险去抢药，为了保护程勇不被抓走，偷偷开车引开警察命丧车祸。

黄毛，在生命面前，他要义不要命，他的理智出轨了。

为了救治白血病的女儿，单亲妈妈刘思慧穿着暴露的衣服去夜总会跳钢管舞，出卖色相。在程勇砸钱让夜总会经理跳舞时她的起哄和哭泣，对程勇酒后的不拒绝，以及程勇瞬间酒醒把持住自己离开后，她发自内心的感激之笑。这是一个女子多少的辛酸与委屈？多大的真心与苦难？

刘思慧，在生命面前，她匍匐在地，失去了一个女人的尊严，她的"妇德"出轨了。

"世上只有一种病，穷病，治不好的。"

一个贩卖了十几年黑心假药的药贩子，无良药商张长林，道出了真相。是呀，世界那么大，病人那么多，仅凭你个人的一种精神力量，治得过来吗？

被警方抓走后，只要他揭发程勇，就可以少判几年的。但出人意料的是，他没有。他对警察说：卖药的就是我呀！

张长林，这样一个唯利是图的骗子，在最后的十字路口，良心觉醒，守住了底线，走回了正常的轨道。相对于他几十年赚黑心钱的人生经历，此刻的他，人生态度出轨了。

从"我不要做什么救世主，我要赚钱""我是个卖神油的，我管得了那么多人吗！"到被取消了代理权。当印度政府迫于外部压力，关闭药厂，只能以 2000 元的零售价购入格列卫的时候，刘思慧问："你卖多少？"

"照样 500 元，空缺我来补，就当是我对他们之前的补偿吧"。

这让我想起加缪《鼠疫》里的主人公里厄医生，他对战胜那一场鼠疫一点把握也没有，但他却为不死的精神而战，毫不怀疑和动摇。

穷困潦倒的印度神油店店主程勇，在卖"假药"的过程中，从赚钱到贴钱，坚决坚持，完成了良心的自我救赎。"空缺我来补。"他补得过来吗？这是向死而生，这是他原本人生轨道的出轨，这出轨，把人性之善推到了高潮。

最后，白血病患者吕受益，这位在妻子怀孕几个月的时候查出病情就想自杀的人，因为孩子的出生，燃起了他对生的渴望。但是最终还是挨不下去，缺钱缺药，为了不拖累家人，他逃离了生命，背叛了生命。他的生命出轨了。

丰子恺说，使人生圆滑进行的微妙要素，莫如"渐"，造物主骗人的手段，莫如"渐"，人生是由"渐"维持的。那么，《我不是药神》就是这么一个"渐"的过程，就是这么一个"渐渐出轨"的过程。最终你看到，人们的天性是美好的，灵魂是纯净的，生命的姿态是站着的。

这是一部视觉简陋、台词朴素的电影，它却能触动你精神最敏感的部位，召唤起"内心对常态生活的反戈"。

这是一个有灵魂的故事，这是一部"在场感"很强的电影，演员入戏，观众也入戏。整部片子不烧脑，没有那么高大上，没有那么博大精深，没有眼花缭乱的特技与特效，不需要琢磨与仰望，仿佛就是身边发生的一件事，乐其乐，痛其痛。所以，上半场我们可以笑得那么彻底，虽然笑里有辛酸，下半场可以哭得那么伤心，哭里有震撼。

也有人说，这部片子比较虚，太理想主义。确实比较理想。幸好，所有的真善美都还能触动我们可爱的内心。影片后半部分，电影院里那些被感动得稀里哗啦的声音，就是人性之善的最好见证。

王开玲说"我们生于一个野蛮、残忍，但同时又极美的世界。"我们常常会被一些爱与暖意所救赎。我们希望人间有美好的秩序，我们希望一个人的善良，能唤醒所有人的善良。于是，我们集体"出轨"了，不是很美好吗？

出轨的特征是心理需求失常。正常的生活状态下，天平为什么会倾斜了？十字路口为什么越来越多了呢？人的思想为什么就越来越复杂了呢？是什么导致心理需求失常的呢？

结尾字幕里那一长串的解说与抒情和留白，倒是中规中矩，没出轨。我是看懂了，不知道我的孩子们看懂了没有。

答案在风中飘——鲍勃·迪伦

主业兼商，副业操刀柴米油盐的我，对那些扭得如虫子一样的外文，当然是谈不上有多少感情的，更别说认知了。当人们热论鲍勃·迪伦时，我问，鲍勃·迪伦是谁？

幸好，掌心网络时代，手机上随便划拉几下，我便偷偷地把这尴尬无知给糊弄了过去。

犹记得去年，白俄罗斯女记者作家阿列克谢耶维奇的纪实文学获诺贝尔文学奖，也是掀起了一场小小的风波。世界读书日，市图书馆组织了一场关于阿列克谢耶维奇作品现象的文学讲座，我捧着她的大部头著作看了好几天，埋头走进一场硝烟弥漫的战争里。这种纪实访谈式的文学创作，从最朴实的角度出发，用最真实最人性最直击内心的文学方式表达，读罢震撼不已。但据某网统计，阿列克西谢维奇的作品，并没因为获诺奖，而提高多少销售量——这多多少少或是令人尴尬的文学现象？

晓得鲍勃·迪伦，我却只是花了很少的时间，听了几首"破锣嗓子"声嘶力竭的歌，便蠢蠢欲动，开始在键盘上敲打自己的感想了——虽然这歌，我得借助中文字幕才能听懂，但并不影响我不知天高地厚地表达，毕竟，还可以用来炫耀一下自己对于文化的关注和再关注。

从 1996 年、2006 年分别获得诺贝尔文学奖提名，到 2016 年获得诺贝尔文学奖，鲍勃·迪伦可谓望穿秋水？"太令人惊讶了！"鲍勃·迪伦结束了诺贝尔奖几十年马拉松式的陪跑。诺贝尔文学奖的颁奖理由是"用美国传统歌曲创造了新的诗意表达"。文学院评点说，鲍勃·迪伦是一位标志性人物，对当代音乐的影响深远，"他的音乐与他的诗在精神上交融，叙事上互补"。至此，诺贝尔奖从高高的庙堂走向街头，从正统文学走向流行音乐。

有何不可呢？

文学依附作品存在，而作品，应该是多种形式的。除了阅读，应该还有音乐、绘画，甚至舞蹈，以及以视听媒体为依托的文字。民谣歌手鲍勃·迪伦获诺贝尔奖，彻底颠覆了大家的固定思维。这么大的颁奖跨度，可以说是史无前例！于是，各种声音此起彼伏，甚至连拒绝领奖的文章都炮制了出来。

有人说"文学是阅读的，而鲍勃·迪伦不能被阅读"。此言怎讲？通过眼睛是阅读，通过耳朵，通过肢体难道就不是阅读了？我认为，通过某些介质从而进行内心甚至灵魂深处的阅读，应该统统称之为文学阅读。文学，应取广义，一个人对生命的感慨、意见、承担、责任都可以是文学存在的状态。

音乐是文学的一个支系，是不分家的。歌词最初来自于民谣，诗歌是起源最早的文学样式。从《诗经》、《楚辞》、乐府，到唐诗、宋词、元曲都是可以吟唱的。而且，也是这么一路吟唱过来的。周朝时，朝廷设有一个最有文化品位的职业，叫采诗官。他们巡游各地，专门负责采集民间歌谣，《诗经》中的大部分诗歌都是这样采集而来的。盛唐时期是我国历史上歌曲音乐的一个高峰，"声辞繁乐，不可胜计"。至宋，则达到了鼎盛。

犹记得白居易的长篇乐府诗《琵琶行》，这在上学时是一篇要求背诵的课文，老师在课堂上抑扬顿挫的朗诵，琵琶女高超的弹奏技艺的描写和悲凉身世的叙述，至今还清晰地萦绕在耳旁。"千呼万唤始出来，犹抱琵琶半遮面。转轴拨弦三两声，未成曲调先有情。""凄凄不似向前声，满座重闻皆掩泣。座中泣下谁最多？江州司马青衫湿。"所有这些歌谣的产生以至兴荣，其实也是人们生活中思想感情的自然流露。

一千多年前，大唐李后主更是开创先河，将民间酒楼歌楼里歌妓吟唱的艳曲，变成了上层的文学形式，亦即王国维所说的"变伶工之词为士大夫之词"，最终产生了宋词这样的文学样式，并出现了苏东坡、欧阳修等一大批词作家，形成了宋词的鼎盛。他的这一种文学改革，有人评价具有旋乾转坤的力量，让民间低俗的流行曲，扩大意义，产生了强大的历史性与社会性，进入了知识分子境界，给予文学形式一种新的可能性。

而鲍勃·迪伦的获奖，拓宽了文学的视野，或许也正是给予文学形式的一种新的可能性？

"诺奖颁给音乐家，这无疑在往作家的伤口上撒盐。"当人们还在热议，未走出对这件事情的惊讶时，鲍勃·迪伦早已以歌者的形式，引领文学，绕过荒原、山冈，走上了更宽敞的大路。这无疑是对文字的一种摆渡。而他，或许就是从音乐通往文学诗意的路上的一位摆渡者。

今日刚好在搜狐上看到一个读书会记录，这么说：真正的作家，都该是"野生"的——包括墙上挂着的那些大师。你晓得他们是哪个协会哪个机构的吗？写作是私人的事，各种协各种会各种拉帮结派并不利于写作。大致是这么个意思。那么，你晓得鲍勃·迪伦是哪个协会哪个机构的吗？

他是一位地道的艺术家，是一位充满"叛逆和不妥协"的反规则的人，是"自由的自我"，是"一位特立独行的人"。

想起了王小波的《一只特立独行的猪》，他们有一个共同点，都是没有标签的"自由的自我"。突然发现，这些特立独行的人，是多么有人格魅力啊！

世界视野下的阅读新观

——从阿列克谢耶维奇笔下想到的贵族精神

"关于战争的一切，我们都是从男人口中得到的。我们全都被男人的战争观念和战争感受俘获了，连语言都是男式的。然而女人都沉默着……那些我完全陌生的经历，不仅是我，对所有的人都是陌生的。"——2015诺贝尔文学奖获得者阿列克谢耶维奇

是的，战争对绝大多数人，对未身临其境的人来说，都是陌生的，至少对我来说是完全陌生的。在此之前，甚至对阿列克谢耶维奇，也是陌生的。

阿列克谢耶维奇，2015诺贝尔文学奖获得者，一位白俄罗斯记者和作家。世界读书日，市图籀园读书会邀请戈悟觉老师主讲"世界视野下的阅读新观——兼评诺贝尔文学奖获得者阿列克谢耶维奇"。戈悟觉老师是国家一级作家，记者出身，享受国务院政府特殊津贴的文化学者。中俄两位同样是记者出身的作家，在这个读书会上，会碰撞出些什么来呢？于是，在这个读书会之前，我对阿列克谢耶维

奇作了了解，对其相关的作品作了简读。当然，戈悟觉老师的文学讲座，我们已经非常熟悉。

阿列克谢耶维奇的非虚构文学作品系列归集于"乌托邦的声音"里。包括《我不知道该说什么，关于死亡还是爱情来自切尔诺贝利的声音》《锌皮娃娃兵》《我还是想你，妈妈》《二手时间》以及今天戈老师主讲的《我是女兵，也是女人》。

什么是乌托邦的声音？

乌托邦是理想，是世外桃源，是心碎，是空想。乌托邦的声音来自生命对和平的渴望与呼唤！斯大林说："一个人的死亡是悲剧，一百万人的死亡就是统计数据。"而1941年至1945年间，千千万万的苏联姑娘，像男人一样闯入硝烟弥漫的战场，在纳粹的钢盔铁履下失去年轻的生命，付出惨痛的代价。是不是可以这么说："一个人的死亡"，是战争年代的乌托邦？

《我是女兵，也是女人》是一本"痛苦的书"，在阅读的过程中，令我屡屡被打动，抑制不住泪水的，不单单是战争的残酷，更是姑娘们在战争中表现的人性的细节！这种人性的闪亮，是不死的贵族精神！

还是一群未真正长大的姑娘，男士兵嘲笑她们：抱着枪像搂着布娃娃一样。她为了枪刺上那一朵紫罗兰，被罚了三次外勤；她不愿意换夜岗，一直站下去，只想听听深夜的鸟鸣；她利用撤退的空隙，跑入商店，买来一双高跟鞋穿上；她把包裹剪开做成裙子套在身上；她带了满满一箱的糖果走向战场……

当她们羸弱的身子奔跑在硝烟弥漫的战场上，谁会相信，她们背负着比自己重一倍的伤兵，拖着武器，一个两个三个……从战场上抢救伤员；谁会相信，她们是狙击手、机枪手，她们摸爬滚打，匍匐在地上与男兵一起浴血奋战；谁会相信，抢救伤员没有工具的时候，她们竟然用嘴撕咬开伤口取出子弹进行包扎；谁会相信，战争结束后家人认不出她，妈妈一次又一次对刚踏进家门的她说"你看，我的好公民，我们什么也没有，你还是上路吧……"。是的，战争让她们变了模样，"战争中没有女人的面孔"。

战场上，一曲《我陪伴你去建立功勋》的歌声，让激烈交战的双方停止了枪声，她边唱边挥舞着帽子，跳出战壕，救下了受伤的炮兵中尉，自始至终，德军也没有朝她开枪。

她躲开炮火，不要命地把伤兵抢救下战壕，开始包扎的时候，才发现抢救的竟然是德国军，但包扎没有停止。

她撕下了半片面包，递给了瑟瑟发抖的与她年龄相仿的德国小军俘。

她对邻居说："请帮我浇浇花吧，我很快就会回来的。"可回来时，已经是四年后……

她，她，她……多少个她！

四年，整整四年！战场上这些十六七岁的小姑娘，与子弹赛跑，与时间赛跑，救自己人，也救德国人——伤兵，没有敌人。战争，没有女人！

城垣残，山河破，人性依旧。这是一种教养，是硝烟弥漫中的贵族风度。

公元前 575 年鄢陵之战中，晋军大败楚军郑军，晋国将军韩厥恪守不辱伤国君之礼，在率军追楚"王卒"时，数次遇楚王而趋避，纵郑成公撤旗逃遁，放过郑成公一命。

法国大革命时，路易十六皇后被送上了断头台，不意踩到了刽子手的脚，"对不起，先生"。脱口而出，成为她留在人间最后一句语言。

电影《泰坦尼克号》，船长把所有生的希望给了他人，一丝不苟地把自己穿戴整齐，平静地走出驾驶舱，选择与船共存亡。

是不是觉得这些行为很愚蠢、很迂腐，甚至很可笑？然而，正是这些愚蠢、迂腐与可笑的行为，让人性发出光来。

赛珍珠与茉莉花

——《大地》观影杂感

影片改编自美国作家赛珍珠的长篇小说《大地三部曲》第一部,凭此作品,赛珍珠1938年成为第一位同时拿到诺贝尔文学奖和普利策奖的女性,该影片也荣获当年第十届奥斯卡评选的最佳女主角奖和最佳摄影奖,并获得最佳电影、最佳导演、最佳剪辑三项提名。作家赛珍珠更是在众多美国男作家的非议中,稳稳当当,一举成名。

我对赛珍珠知之甚少,她的作品亦是没有涉猎,老公从庐山归来,带回了她的《大地三部曲》及《大地》影带,只观影片介绍,寥寥数语,已令我心生欢喜,饭后便迫不及待地沉浸在这部名著里。

这是一部20世纪30年代拍的黑白影片,描写19世纪的中国农村,一对农民夫妇如何艰难曲折,挣扎求生存的故事。影片全部内容、背景、道具皆取材于中国,然而,片中主人公皆由洋人来演,我不免心生纳闷——中国题材让老外来演,会不会出现滑稽的细节,戏说的形式?

　　自始至终，影片没有太多的表现手法，只有平白的叙述。演员亦是没有夸张的表演，主人公阿兰从头至尾没有几个表情，一脸顺从呆滞木然，然而，正是这看似面无表情，实则蕴含功力的表演，观后令我辛酸震撼不已。有一个镜头，从大户人家回来的路上，王龙与阿兰先是因为大户人家对孩子的夸奖乐得心花怒放，而后又恐慌像他这样的穷人福气太好会折孩子的福，两人慌慌张张，把孩子藏夹在腋下，一个劲地对天地嚷嚷：只是个女孩，这只是个没有人要的孩子，还满脸麻子……这种幽默却沉重的小插曲，不免让人笑中含泪。感叹作者对中国农村文化刻画之细腻，感叹导演对剧本细节拿捏之准确，更是被"洋"演员的演技与功底所折服。

　　19世纪，土地是农民赖以生存的命根子，是古老中国的一个符号与象征。主人公王龙阿兰夫妇宁可喝泥水度日，也不愿贱卖田地。整部片子，土地或隐或显，自始至终贯穿影片前后。

　　主人公阿兰的悲惨境遇，应是影片的另一条线索。旧社会的女子是没有地位的，几块大洋甚至几个铜板，便能相互转卖。为了有路费回到家乡，阿兰被逃荒的父母卖入大户人家当灶下丫鬟。王龙为了延续香火，又从大户人家把阿兰买来。阿兰的一生，没有自主，没有尊严，没有保障，只为他人活着。她一个人生小孩，生完小孩的第一天就要下地干活。她把捡来的珠宝一粒不剩地交给丈夫，甚至，为了讨得丈夫的欢心，同意丈夫将青楼女子纳入家门。她忍气吞声地生活，饱尝生活的苦难艰辛，却一心为了丈夫，做出各种"通情达理"的牺牲，直至最终死去。勤俭善良、逆来顺受、麻木懦弱，应该是旧中国底层妇女的普遍形象，这些性格的缺陷，导致阿兰命运的悲剧。这不仅是阿兰的悲剧，亦是一个时代旧中国妇女的悲剧。

谦逊善良，坚韧无畏，朴素勤劳的农民形象，应该是文字最初要表达的。王龙为了保护粮食，带领农民肉搏蝗虫；为躲避饥荒，带领家人爬火车到南方讨生存。他要饭、做苦力，最后随着"革命"大军，拥挤践踏抢劫大户人家，所有的一切，都是为了活命，为了回到自己的土地。可是，当他的小儿子因为饥饿偷了一块肉的时候，他大发雷霆，拳脚相加，"我们有力气，我们可以劳动，我们可以要饭，可是，我们饿死也不能偷！"

除了这些美德，木讷憨厚的王龙，却亦不乏算计精明。他一有钱，就把这些钱变成田地，他不停地购买田地，直至在当地富甲一方。照他的话说，钱放在家里是会被偷被抢的，而田地是别人永远拿不走的。土地，已融入他的血肉灵魂里。

值得一提的是影片开端的歌曲《茉莉花》，"好熟悉的音乐啊"，音乐一开始儿子便咕哝开来；"好地道的中国味啊！"老公不由地发出重复感叹。反正，小伙伴都惊呆了。婉约悠扬却不乏刚劲，细腻柔软却充满激情，灵动飘逸却又隐忍坚强——这歌曲，传唱的不正是咱们中国劳动人民勤劳朴实的形象？导演用一曲风靡中国甚至传唱世界的江苏古老民歌来寓意，可见，洋导演对剧情是做足了功夫的。

片子没有任何的色彩，仅是黑白两色，已是感情饱蘸，震撼心灵。当然场面也是震撼的大手笔——比如集体逃难，集体爬火车，比如蝗虫铺天盖地，人蝗肉搏等，这导演，绝对是张艺谋的风格。从片头歌曲到拍摄制作到演员演技，均是那么真实而接地气，让人观后，忍不住总想提笔写点什么。唯一遗憾的是，片中小儿子竟然被父之妾荷花挑逗成功，坊传有染绯闻。这一情节的安排，我觉得破坏了美感，影响了我的情绪。当然只是我的，不知他人作何想。

嘤其鸣矣，求其友声

——《我们仨》读后感

　　我是一个很好的听众，喜欢听别人讲故事。缘于童年少年都生活在精神物质皆贫乏的农村里，那些故事，是我思想驰骋的精神原野。

　　我不是一个很好的听众，常常深陷别人的故事里，不能自已。或悲苦，或喜乐，或惊悚，甚至时时泪眼滂沱，泣不成声，要停下来做深呼吸。

　　杨绛先生是一个很会讲故事的人，她用朴素的文字，从容的心境，炉火纯青的写作手法，虚实结合，讲了一个长达万里的梦的故事。我在"万里长梦"的古驿道上，紧随着她的脚步，唏嘘不已。堤上的杨柳，先是"一片片黄落，渐渐地落成一棵棵秃柳"，再是随着一阵一阵的风，"变成了光秃秃的寒柳"。一路走来，离情别柳。她将蚀骨的思念，融于她自己独特的文学语言里，一字一字地写，一程一程地送，欢笑，疼痛，哭泣，清明——"世间好物不坚牢，彩云易散琉璃脆"。

这只是一个三口之家的故事，和我们所有的家庭一样，充满生活的日常。但又和我们所有的家庭不一样，他们是嗜书如命的纯粹学者家庭，他们个个出类拔萃，却淡泊名利，只求家人团聚，以静，以舍，以安居乐业；他们是风趣可爱"不寻常"的家庭，他们不甘于只扮演本来的角色，每人身兼数角，而且都能把每一个角色拿捏得那么出色。父亲是母亲和女儿学术上的老师、兄弟兼哥们儿，母亲是父亲生活中的妻子、情人兼朋友，母亲又时时变成女儿的女儿，柔弱得让女儿千万般不舍。而女儿呢，是父母的小棉袄，是他们的姐姐，甚至是对他们呵护备至的母亲。她们仨，是灵魂的挚友，几十年相依为命的坎坷历程里，她们互相尊重，互相照顾，互相学习。用充实而丰厚的一生，阐释了家的意义，令人动容。

学者钱钟书先生的生活经验为零，左右脚不分，筷子一把抓，不会打领结……在杨绛生女儿住院期间，"拙手笨脚"的他在家里"尽做坏事"，一会儿打翻了墨水瓶，一会儿不小心把台灯砸了，一会儿把门轴弄坏了，而她，总是报以温和，"不要紧，我会洗"，"不要紧，我会修"。他对她深信不疑。

这种柔软、睿智、宽容、坚韧，有几个妻子会？我们总是缺少这样一种来自内在的力量，我们总是缺少一点耐心与宽容，面对笨手笨脚总是帮倒忙的亲人，或许不知觉间便失了言语的分寸。杨先生的这种爱，是内心缓缓溢流出来的，不是装出来的。钱钟书先生赠其"最贤的妻，最才的女"，她，当之无愧。

而"拙手笨脚"的钱先生，居然给她做了一辈子的早餐。

钱先生还是一位痴气十足的先生，常常在睡着的老婆脸上画眉毛画胡子，在小女儿的肚皮上画花脸，与女儿一起淘气，一起吵闹。

太虐心了！这是怎样的一种可爱呆萌？我被这些小情节完全融化。怪不得有人说，钱钟书先生与杨绛先生是文化界最萌的一对夫妻。

岁月难得静好，现世何以安稳。随着动荡时代的颠沛流离，他们仨也几遭厄运拨弄。在上海沦陷期间，钱先生除了在教会大学教课，又增添了两名拜门学生，但生活并未有多少改善，柴米油盐成为生活大事。杨绛先生说，当时她在小学代课，写剧本，也都是为了柴和米。但他们夫妇，却把这世态炎凉，当作美酒般浅斟低酌，细细品尝。钱先生觉得一家人同甘共苦，至少胜于别离。

不论多么艰苦的境地，从未间断的是读书和工作。杨绛先生说：我们的阅读面很广，所以，"人心惶惶"时，我们并不惶惶然。

女儿圆圆是钱先生眼里的"可造之才"。圆圆胆大，生性安静，杨先生说她带着钱先生的三分呆气呢。圆圆对父母百般体贴，年纪小小的她便会懂得照顾妈妈，下大雪时，背着妈妈把煤球里的猫屎抠干净，夜里陪妈妈去听音乐，陪妈妈到老燕京图书馆借书，裁书。圆圆总对妈妈说："娘，别担心，有我呢。"甚至临去世前一二个月，圆圆还躺在病床上写《我们仨》，安排妈妈的生活。

怪不得，杨绛先生要一个人在万里长梦里一程一程地走，不愿意醒来。我跟着她凄美的梦境，从轻灵到劳累，到沉重，到噩梦，心情"像沾了泥的杨花，飞不起来"。

文字即心声，一个人如果内心空洞，天性凉薄，又怎么能写出如此滴血的文字。杨绛先生实笔生虚笔死，将绵绵不尽的悲痛倾泻纸上，哀而不乱分寸。我们仨，是其他所有我们仨我们四我们五所不能超越的。

嘤其鸣矣，求其友声。友声已远在天国。但愿无论天上人间，"神之听之，终和且平"。

文成之文，以刘基成文

——有感《聆听刘基：陈胜华转述＜郁离子＞》

《聆听刘基：陈胜华转述＜郁离子＞》一书摆放床头已有时日，阅读这部书的路径不是五光十色的，也不是跌宕起伏崎岖不平的，它笔直、平坦、宽阔，有一种越走越开朗的感觉。

我想，不妨把六七百年前的《郁离子》看成一坛陈年佳酿，佳酿虽美，但其艰深苦涩的文言文，让那一个个精美的寓言故事，犹如一位位酒酣沉睡的美人，隐入帷幕，难见真容。而陈胜华老师就是那位优秀的醒酒师。他姿态从容，缓缓地开启、倾倒、静置，然后不急不慢地将杯子轻轻一摇晃，那些沉静的"睡美人"便重新焕发出活力与灵气，被他一一唤醒了。这估计就是平时所说的"重建文章之美"了。

陈胜华老师喜酒，我这么以酒来喻，他一定是不反对的吧。想起上次与陈老师茶座喝茶，陈老师笑言，喝茶，他幼儿园未毕业；喝酒，他"本科毕业"。这是他谦虚了。能够将历史尘封的酒，调出如此琥珀般澄清透绿，香味扑鼻，让我等不胜酒力的人，都想端起杯子啜一小口，当然不仅是"本科的学历"了。

　　文成之文，以刘基成文。刘基不仅是军事家、政治家、思想家，更是文学家，在文学史上，曾与宋濂、高启并称"明初诗文"三大家。其所著《郁离子》是一部深刻幽默的寓言式散文集，陈胜华老师说它是一部寓言人生学和政治学。《郁离子》是刘基人生鼎盛时期的作品，却也是他一生中最郁郁不得志时的发愤之作。而正是这一部书，奠定了刘基在历史上的文学地位。

　　《聆听刘基：陈胜华转述＜郁离子＞》是一部现代版的《郁离子》，陈胜华老师模拟刘基的叙述口吻，依据现代人的讲话方式，用白话进行转述。用他自己的话说，是在试图替刘基"代言"，而不仅是作传统式的古文翻译。陈胜华老师打破《郁离子》原著的编目顺序，从"人生感悟""善政之道""时代警示""超常思维"四个方面，重新进行编排，并冠以精练的导读。它让像我这样，古文底子极薄的人，也能领读精髓，且读得毫不费力。

　　想起当年高中就读于南田，学校与刘基庙宇仅隔一堵墙。周末时光，也会捧一本书，晃荡晃荡，晃进刘基庙，坐在那高高的门槛上读，但读着读着，眼神便飘向了幽静高深的庙堂，只看刘基的清秀俊朗，只看刘基后人如何拂拭尘埃，拨点烛火，忘了手上所读何书。前几年，大概是在儿子五六岁的时候，重游故地，在郁离子长廊上，儿子伸出稚嫩的小手，指着那一幅幅寓言漫画问我，我竟然结结巴巴，不知如何详解。如今的我亦是如此这般，何况当年懵懂，如何读得懂其郁郁之风、离离之态呢。

陈胜华老师的转述，明白得体，不炫技，不华丽，文字朴素而有文采。作为刘基文化研究学者，他自称"研习刘基已逾十年，拜读《郁离子》不下十遍"。这种对一部书投入的时间与毅力，我想，应该是一个人的为文风格，更是一种责任、勇气与境界吧。正是这种来回往返、深思熟虑，让他的转述得心应手，无招而胜有招，读来轻松幽默而质感。

全书180篇标题，陈胜华老师根据原著，一一作了重拟，比如《风不助我》（原题《豢龙先生》，《什么叫自我蔽塞》（原题《自瞽自聩》），《贪心不足吃酸果》（原题《枸橼》），《没有眉毛也不行》（原题《乌蜂》），《火药已装进炮筒里》（原题《民怨在腹》），《儿子死了也不哭》（原题《食鲏鲐》），《花百两银子找回了一只鞋》（原题《羹藿》），《一只酒杯的先贵后贱》（原题《慎爵》），《这些事让禽兽鱼鳖去干吧》《原题《盼子说齐宣王》等，甚是朴素简洁生动，趣味盎然，转述者精彩、微妙的态度都在题目中体现了。

又比如《司马季主论占卜》一篇里，司马季问：君侯您想占卜什么呢？东陵侯（想东山再起呢，就含蓄地）告诉他……这括号里的添加，仅"含蓄"二字，就非常精彩生动，点睛而让人顿悟。如果没有对原著精通透彻的理解，又如何能转述出如此的文蕴之美呢。我相信，这一瞬即原作者与转述者，古文与今文的最美好的历史相遇了。

又如《"贪"义别解》一文里，郁离子说——"通常认为，贪与廉相反，贪是恶德。那么，贪，到底该不该有呢？（我以为，是该有的。）……（圣人对仁义道德的渴求，不也是'贪'

的一种吗？）"寥寥数语，却字字着落，言虽止而意未尽，表现力极强。

当然，限于篇幅，我不能在举例时将原文原原本本地罗列，如果您还没有读过这部书与《郁离子》原著，也许会一下子找不到我要表达的语境，建议您还是自己去买一本看看吧。

读这部书，不像平时读小说，我是没有一口气去读完的。放在枕边，闲时睡前去翻几页，读得很是轻松。这些寓言故事，放在今日，读来依然令人深思。每每读到一则寓言，正应了当时的心境，便会生发出些许感叹来。

陈胜华老师的转述是不孤立的，他没有仅仅停留在语言层次上，而是加以自己的理解，以连贯全文，从而达到一种默契的神遇，心灵与心灵的沟通，那么，在这个意义上，也可以说，陈老师的这一本《聆听刘基》，是架起了今天的我们与六七百年前的《郁离子》之间的一座桥梁。

除了这部书，陈胜华老师在 2001 年还出过一部《刘伯温传说新探》，分析历史人物刘基以及民间传说刘伯温。陈胜华老师原是语文教师，亦曾是一校之长，但他辞去头衔，潜心做刘基文化的研究，十年如一日。他说，将艰涩难懂的古文转化成白话，让古典古董成为普及性大众性的读物，是他的"奢望"。这也是为人师最本性最直接的传道授业解惑吧。我想，著作不一定要无所不能，泛泛而谈，不如业有所专所成。

书以言志与载道，陈胜华老师对刘基文化孜孜不倦的传播与推广，难道不也是咱文成有文乃成的佐证？愿陈老师坚守纯净文心，声色文章，杯酒出。

籀园品书会
"阅读与阅读《朗读者》"

——兼评《朗读者》

"致虚极，守静笃。万物并作，吾以观其复。"出自老子《道德经》，亦是今日戈老师主讲如何阅读的观点之一。

阅读能让人心理平衡，能让人长寿，能改变人生的宽度与厚度。世界万物的进步发展来自思维的改变，最终来自阅读。那么，怎么阅读呢？戈老师讲，首先要谦虚读、素读，即纯粹读，不带批判性地读。保持内心空明，没有一丝杂念与污染，对外界充满好奇与探索，唯有这样，才能进入创作者的内心，与作者同哭同笑而最终有所感悟。聚精会神，收敛浮华，笃实虚静，是阅读之根本。

其次要二次读，反复读，即精读。对重要的书籍与文章，要逐字逐句细读多思，做到透彻理解，才能发现并挖掘文章的"微言精义"，吸取其精华。对喜欢的作者要系统读，读透学透。三是要读当代有经典品格的作品，名著也有时代局限性，要有选择性地看，做一个高效的阅读者。四是要体悟文学文本之外的东西，不能就书本死读。

　　戈老师作为全民阅读"全城共读十本书"的首场导读嘉宾，讲的是"阅读与阅读《朗读者》"，主讲如何利用有限的时间，进行选择性的阅读。戈老师从唐·吉诃德的骑士精神到达尔文的"进化论"，从莎士比亚的文学巨著到莫泊桑的《项链》，旁征博引，侃侃而谈，估计在场的文字爱好者都如我一样，受益匪浅。

　　没看过《朗读者》原著，两天前，我去网上搜索了这一部根据原著改编的电影。这是一部入围奥斯卡金像奖最佳影片奖的电影，没有震撼的外景，没有炫耀的技巧，可看完后，却让人久久沉郁，总想说些什么，但又不知道说些什么。什么是情欲与人性，什么是道义与法律，什么是正义与邪恶，如何区分对错，如何评判好坏，这部片子的价值取向又在哪里？影片没有给出皆大欢喜或殊途同归的唯一结局，我想，不同的观影人，会有自己不同的想法。

　　一位 15 岁少年迈克，一位 31 岁的少妇汉娜，一场雨雪一次偶遇，一个浴缸一张木床数本名著，朗读声伴随着水龙头水流的哗哗声，肉体横叠，场景拉开，电影前半部分非常情欲诗意化，有伦理爱情"盛情出场"的感觉。我的观感"盛宴"却在此时戛然而止，因为琐事，这部片子我是两天内分两次才看完的。于是，在这被中断的时间里，我便不断地为电影想象后半场，结果却让我大跌眼镜。

　　汉娜是一位机车检票员，因为工作勤恳受到提拔，而在这一刻，汉娜却要为隐瞒自己是文盲而不告而别，令迷恋于其的少年迈克迷茫痛苦，找无所踪。8 年后，汉娜作为纳粹党卫军的女看守，涉嫌杀害300名犹太人，与另外5名女同犯被清算起诉，站在了道德法庭的被告席上，而此时已为法学院实习生的迈克就在这样的情景下，与昔日情人汉娜不期而遇。

面对法官"你为什么不开门"的责问，汉娜睁大茫然的双眼，用一位文盲的智商与理解为自己辩解：我是看守，我只是忠于自己的职责。她的应答，让善于应变、精于钻空子的现代文明人，感觉到的是那么愚昧可笑。

最让人感到讽刺的是，在法庭上，有一位同犯女看守竟然悠闲地织起毛衣。就是这样的一群人，能承受纳粹罪行？能担待法律道德正义文明的拷问？她们只是庞大官僚体系里最卑微、最底层的员工而已，对于她们来说，看守，只是一份养家糊口的工作，她们得循规蹈矩，服从上级。道义？真相？从这里，我看到的是现代文明的尴尬与窘迫。有人说，这不仅是正义对于屠杀的审判，更是汉娜这个文盲对于文化建构起来的"文明"荒诞的反审判。

当另外的5位同犯把所有的罪行都推卸给汉娜时，汉娜完全可以为自己辩护而减轻刑罚，但她为了隐瞒自己是个文盲，为了在身后旁听席上迈克的面前保持尊严，汉娜失去了与现代文明对峙的力量，她宁愿承认夸大自己的罪行，也不愿承认自己是个文盲，为了这个卑微的尊严，汉娜付出了一生的代价。

迈克知道汉娜是个文盲，作为法学院的学生，当然更懂得如何为汉娜辩护，但不知是尊重汉娜的选择，还是怯于赤裸裸的现实，迈克在雨雪中止步了，他保持了一贯的隐藏与沉默。

自由身的迈克并非真正地身心自由，汉娜一直占据他内心的大半，使他无从坦诚。迈克与妻子离婚，与女儿疏离，他一个人跑到乡下，离群索居，为汉娜朗读录音，不停地给汉娜寄录音带，以激起她对生活希望，也为自己当年的沉默赎罪。当汉娜终于学会写字，给他寄来期盼的信件时，他却把它们一封封地堆放在抽屉里，一封也未曾回复。

20 年后，当监狱长来电告诉迈克，他是汉娜唯一有联系的亲人的时候；当在汉娜即将释放的监狱餐厅里，迈克犹犹豫豫地握了下汉娜热切伸来的手的时候，我知道，这一切都将结束了。

爱情是文学作品的重要组成部分，电影自始至终贯穿了一条爱的线索。最后，迈克为汉娜的出狱提供一切生活所必备的物品，但汉娜的精神寄托在此时轰然倒塌了，这是对生活的绝望，对爱与性双重丧失的绝望。因为她知道，她与他再也走不回亲密无间的情侣关系了，她只会是他生活中的一个累赘与难堪。在他来接她出狱的当天，她用文字，用作品，用书，垫起自杀的高台，保持了自己最后的尊严。这又何尝不是对所谓的现代文明义正词辞的呐喊？

迈克听着监狱长给他朗读汉娜的遗言，终于号啕大哭。电影看完，心情却久久地沉郁在片尾曲中，不能自拔，一个声音在耳畔反复回响：如果当时是你，你会怎么做？

关于正义道德，关于人伦情欲，关于人性善恶，还有许多许多，《朗读者》，精读吧。

远方的相约

——寻踪古堰画乡残疾女画家

因了一篇文字，心底渴望着一次相约。

一位轮椅上的姑娘，一张灿烂的笑脸，一个简陋的画室，一幅色彩浓郁的油画，就这样，定格在我的脑海里。想购她的油画，却因旅程还没结束，相约回头再购，但景点一路走过后，因团队车行的方向，他没能再回头兑许诺言。轻描细诉，报纸的一端，倾泻的却是满怀的失落与遗憾。读来满唇齿的真诚与善良，泪满眼眶。

有一个想法在心底油然而生，想去看看她，阳光与灿烂，人生与油画，古堰与画乡。

古堰画乡位于瓯江中游，是全国著名的美术写生基地。与温州同饮一江水，离温州市区两个多小时的车程。下午出发，车开得很慢，中途还下起了雨，心情却从未有过半点阴霾，充满着兴趣，也充满着忐忑。

到达画乡已是傍晚，画乡沉浸在黄昏的暮霭中。坐在车里，透过或明或暗的路灯，看到江里隐隐约约的白帆，和眼前屋檐下排排串串的红灯笼，一种浓郁江南水乡的感觉扑面而来。大樟树下三五成群的纳凉人，对我这个迟来的陌生游客投以惊诧的目光。或许是我的车闯得突然，惊扰了他们的宁静？如此集中的目光，虽然是善意的，却也令我颇为不安。一只小黄狗对着我们"汪汪汪……"狂叫，孩子们在车里跟着小狗欢叫，叫声此起彼伏，那架势，哈哈，像是在致欢迎词，别有一番情趣。

第二天清晨，迎着薄雾，真正意义地踏进画乡。我心里惦记着残疾的姑娘，想找画廊的方向。可孩子们容不得你选择，直奔游船。没有太阳，天气灰灰蒙蒙的，坐在古香古色的游船上，看远处白帆点点，两岸芦苇丛丛，江面云烟升腾，亭台风雨沧桑。不远处，两只白鹭掠过江面，直冲云天，引来孩子阵阵尖叫。"争渡，争渡，惊起一滩鸥鹭"，就是这情这景吧？还未游画廊，却已感觉置身画中。这一幅浑然天成的黑白山水画，只感觉文字太轻，描绘不出色彩的丰满、意境的曼妙。

河的对岸，历史人物风起云涌，写生作画三五成群，百年老屋鳞次栉比，楼台石雕相映成趣，文昌阁内，"高阁文界齐北斗，中书亮节映长虹"。千年古樟十株连环，千秋古堰气势磅礴，幽岛摇椅竹林听涛，农家小院茶香缭绕。小桥流水画家，老屋古樟游者，点点皆景，处处入画。这画乡，不愧为中国摄影家协会命名的第一个"摄影之乡"。没有虚浮夸张，更非华丽张扬，却是古朴自然，端庄大方，宁静儒雅，却又不失风情浪漫。孩子们围着一群群作画的学生转，陶醉沉迷于一幅幅正在创作的油画里，不说离去。

　　一路行来，一路感叹，心里有一种微妙的感觉，升腾弥漫。那姑娘，那轮椅，那油画，那人生，那微笑，那阳光，是否也如这千秋古堰，坚韧不拔，气势磅礴？是否也如这水墨画乡，从容淡定，神采飞扬？

　　游船返回码头，在画廊一条街里，我反复寻找姑娘的方向。我说不出其他的任何标志，只知道她是一位残疾姑娘。却又不敢理直气壮地多问，只怕问多了，伤害了她的本心。我从画廊的这一头走到了那一头，又从那一头返回到这一头，发现街上有弹棉花、打草鞋、竹编、磨豆腐、打年糕等一些许久不见或本就不曾见过的民间手工艺。画室接二连三地相连着，每间画室，油画都从里间一直挂到沿街的门口，阵阵油墨飘香，幅幅色彩斑斓。沿街的建筑全是百年老屋，青砖黑瓦，亭台楼阁，依山傍水而居。西方裸体的画模与中国古老的建筑相映成趣，我却无心细赏。因为找不到姑娘，心里有一种着急，闷得慌。我仔细看每一间画廊的地面，我想，有轮椅出入的地面肯定是平坦的，不会在里间与外间隔着一条坎，这样的寻找可省去一些因盲目而浪费时间。

　　一大婶指着前方告诉我："她好像以前是在那边开画廊的，你再找找看。"我迂回几趟，最终却是在另一条街上找到了她，原来她搬了地了。

　　普通的民房，简陋的画室，墙壁四周错落有致地悬挂着大大小小的油画。她画的基本都取材于当地自然古朴的江南民居风景，很写实，笔触轻松，色彩明亮。在画里看不出她对不公命运的不满，看不出她对生活的迷茫与失落。每一幅画都阳光灿烂，饱蘸情感，喷薄而发，充满着乐观与希望。从画里就能感受到她积极向上的一种生活状态。这种状态在不知不觉中便感染了我，不由得对她怜爱起来。她剪一头短发，纤小的身子，背对着我们，不在作画，却正在里屋的电脑前开垦农场，很入神。这或许是她平时生活中放松自己的一种方式？我和孩子们在外屋待了好一阵子，孩子们指点着这画那画，嘴里不停地嘀咕着"好看好看"。当然，孩子们还不懂得如何欣赏油画，但是，他们能感受这强烈的色彩美。"嘘"，我示意小孩轻点声，真的不想打搅她的宁静。她转动轮椅，转向我们，扬起脸的刹那，我感受到了阳光般的明亮，满屋的油画瞬间因她而灿烂。我心里有一种莫名的感动，一股热流从心底开始直涌眼眶。

我冲她笑笑，脱口而出："终于找到了。"

她笑了，"你来过我这里吗？"

"没有，不过，心里来过好几次呢。"看着她疑惑的表情，我解释说，"我在家乡的报纸上看到过你。""真的呀？怎么可能？写了什么？"看着她急切又欢快的样子，我又如何跟她说，我是因为他写的残疾姑娘，因这一特点而找到的？

"嗯，他写了你画画时的专注，还有约好买你的画却因路线而错过，最终失信于你的遗憾。"

"哦，这样呀，这样呀！"我看到了你眼睛里的光。

是呀，被人记着，无关风花雪月，无关人情世故，却只是心底里那一点点本真的善良，这是怎样的一种心灵触动呀。

零零碎碎，购了两幅画，几块画石，虽然不多，却亦是我一片暖暖的心意。不存在怜悯，更不懂油画，费尽周折找到她，是因感动于她对生活的坚强，只想看看她，带给她哪怕只是一点点的温暖与鼓励，也算是给自己心灵的一份慰藉。临时，儿子把自己在江边玩时淘的一块石头赠予她，她笑着说："我会在这块石头上作一幅画，不卖，就等你。等你下次来的时候，送你。""真的呀？""真的。""一言为定。"儿子欢呼雀跃。

走出姑娘的画室，已是下午时分，早上的雾霭和阴霾都散了。屋外阳光灿烂，照在身上，暖暖的。坐在车里，回头遥望这朴实的古堰画乡，她静静地伫立着，从容而淡雅，凝重而端庄。像极了这位姑娘，不为物喜，不为己悲，自强不息，宁静温暖。

再见，姑娘。再见，古堰画乡。我还会来的，不为那一块石头，却为那一份感动。

那一缕冷冷梨花魂

停车。静默。念。

一头顺而直的发，长睫毛下一双乌黑的大眼，翘翘的鼻梁，倔强的小嘴，皮肤黑黑的，感觉野野的，可其实，你总是静静的。

记忆中，你总是与我排排坐，三年来，却也从未同过桌。一个晚自习课间，我与同桌在教室里乒乓球隔空对打，一来一往，一个球打偏了，在我扑上去抢接的时候，同桌和我是同样的反应，她全力抢出拍子，我已来不及退回，一拍子直接打到了我的右眼角上，顿时眼冒金星，泪流满面，接着钻心疼痛，我蹲在地上大哭。同桌呆在原地不知所措，你迅速跑过来，用手捂住我瘀青红肿的右眼，把我拉到位置上，手帕、纸巾、拥抱、安慰……各种关爱，一一递上。我睁不开眼，以为自己就此瞎了，惊恐疼痛中抱紧一样搂着我的你……这是你在我心里最初的温暖，静而不冷，体贴到我泪落。

桃花梨花盛开的季节，你带我去你家里。三间屋舍掩藏在竹林里，篱笆柴扉，桃李缤纷，红的粉的竞相灿烂，黄的绿的相间点缀。你带我去看你养的小白兔，你让我去抚摸那长着弯弯犄角的小山羊，我却站在那一树梨花底下，不肯挪离半步，这洁白，让我蠢蠢欲动。看着我离不开的眼神，你附在我耳朵边悄悄说：瞧我的，盯着点，别让我爸妈看见。你搬来小凳子，像猴子般，三下两下爬上梨树，攀折梨花对我笑。哇，好美，你就是那梨树精！我在底下拍手大叫。嘘嘘，轻点声，轻点声，你冲我小声嚷。

桃子李子成熟的季节，你带我去你家里。你拿根竹竿在树上敲，我猫着腰在地上捡，李子哗啦啦砸向我的手、我的头、我的背，也砸出童年简单的快乐与喜悦。一抬头，一个龇牙咧嘴的李子正中我的小鼻尖，我在树下跳，你在树上笑，笑弯了乌黑的眼，袅袅的腰。

我冲你扮鬼脸，太坏了，太坏了，惩罚你！这些李子，全打包让我兜回去。好好好，你把一袋"歪瓜裂枣"递过来。"小气鬼！"我严重抗议。笨，这个才最好吃，长得难看的，都是最好吃的，你看，虫子也是最喜欢叮的，不相信，你就自己尝尝看。我看见那一个个"歪瓜裂枣"挤眉弄眼、幸灾乐祸冲我哈哈笑。

下一个三年，你考上了卫校，我升到了高中。你和我一样，性格里没有太腻的热情，只有清静如水的交往。不狂澜不惊乍，只淡淡记着，顺其自然招呼，三年，期间陆续有书信往来，但不太多。

那一天，伟急匆匆通知我：霞病了，癌症晚期。我抹去挂在脸上的泪水，约了几位同学，骑着自行车来看你。

小屋子进来过几次，从来也没有像今天这么黑过。地是黑的，墙壁是黑的，桌子凳子是黑的，甚至连灯泡也是黑的，我看不清屋里的一切，只看见那一张大床，隐约露出斑驳的红褐色。这是父母亲当年的婚床吧？你蜷缩在床中央，瘦弱得无法形容。那还是你吗？空荡荡的床上，没有生命的温热与气息，只感觉到一副无肉的骨架，撑起让我们渴望又心怯的现在。两位同学胆怯地往后退，不敢近床前。我也想后退，可是我不能！我一步一步挪向床前，我恐惧，我苦痛，我隐忍，我多想再拉拉你的手，我多想再抱抱你，可是，我不敢！18岁的我，第一次感觉阴森森的死神离我这么近。正值中年却已苍老的妈妈在床边轻声唤：囡，你的同学来看你了……

我看到你细弱的肩膀在微微颤抖，我听到你梦呓般浑浊的声音，我感觉到你苦痛的挣扎。许久许久，你不愿回头。你肯定是自卑了，你肯定是流泪了，你肯定是不想不愿面对了。别，别这样！没有关系，我们是同学，我们是三年同窗的好同学，我们是亲如姐妹的少年小伙伴。

"霞……"我轻轻地、怯怯地唤。

是几十秒？还是一个世纪那么长？你缓慢回过头来，眼神掠过我的脸，一双乌黑的眼睛，空洞洞地挂在你失血的脸上。我迅速逃离开眼神，我恐惧，我害怕，我浑身起鸡皮疙瘩,我的疼痛在泪水中打转！我站在床前,可我的心,早已仓皇逃窜。我瞥见了你嘴角凄凉的笑，对不起，对不起，请原谅！十几岁的我，我们，真的做不出与心背驰的淡定。不出你所料，我们的心都逃跑了，逃得远远的，我们都害怕了，仓皇而狼狈。

老天爷喜怒无常，回来的路上，乌云密布，雷声滚滚，倾盆大雨劈头盖脸袭来。我们骑着自行车，东倒西歪，撞撞跌跌。在一个转弯处，我连车带人摔倒在地，公路上的碎石子，狠狠地渗入我的手肘脚踝里。

脱皮。脱皮。

流血。流血。

疼痛！疼痛！

雨水和着泪水，我坐在地上，像疯子一样，号啕大哭。你们把车子扔在地上，也不安慰我，好像摔的是你们，不管不顾，一起哭，一起哭。

妈妈看到我浑身湿透失魂落魄的囧样，大惊失色，一边给我上药，一边不停责备：女孩子家怎么可以不听家长的话呢？！女孩子家怎么可以去那样的地方呢？！女孩子家，怎么可以不打伞让雨淋成这样子呢？！……

是啊，女孩子家！女孩子家！你怎么可以这样不好好爱自己的身体呢？！你让我怎么说你才好呢？！

身体病变，你早已知道，你就是不去检查。你说，再过几个月，你就分配工作了，你就可以公费治疗了；你说，再过几个月，你就可以拿到工资了，不用再给拮据的家里增加负担了；你说，你的身体不会有问题的，只是累了；

再过几个月，再过几个月……

从来不长痘痘的我，脸上长满了痘痘，心里也长满了疙瘩，一连几天发着高烧，梦呓着，梦呓着……妈妈怕了，爸爸怕了，爷爷怕了，他们请来赤脚医生，为我把脉；他们请来江湖先生，为我驱鬼；他们烧香拜佛，他们吃素吃斋，他们疑神疑鬼……

我哭了，我又哭了，有许多理由，又没有一个理由！

几天后，你便走了。

出殡的那一天，我没来。我怯了。

梨花盛开的时候，我没来。我忙了。

李子成熟的季节，我没来。我嫁了。

今天我也本可以不用来，可是，我来了。

车在山里弯弯转转，在每一个转角，我都会使劲按喇叭，给自己壮壮胆，也给他人提个醒，谁也不知道生命的转角处会遇到什么。可其实，这条旧路已经很少有车经过，从这头到那头，已经修有另外一条新路。原先一个小时的车程，现在只要20分钟，只是，新路略过旧路，也略过了20多年埋在心里的那个结。

而我，怎么可以再略过？

转弯，掉头。停车，静默。与你面对面，看那一树冷冷梨花静静开。

静静开，冷冷开，日复一日，年复一年，那一缕冷冷梨花魂，在我心里，从来也未曾凋谢过！

春梦

　　春梦不是春梦，春梦是一个人，一个女人，一个做了一辈子美梦的女人。一辈子对有些人来说很短，总觉活不够，想长一点，再长一点。一辈子对于春梦，用她自己的话来说，太长了！苦煞了！十几岁的她，总是含着泪水对她的外婆说：我把男人要做几辈子的事情都做完了，人做的，畜生做的，我都做了……

　　总有一天会好起来的，总有一天会好起来的……外婆把泪水往肚里咽，唯一能做到的，就是每年正月春梦来拜年的时候，留住春梦多住一夜。

　　我对春梦的记忆，便是停留在小山村正月的那几个午后。

　　冬阳暖暖地从小山头铺盖下来，妈妈坐在后院织毛衣，春梦紧依在我妈妈的身边，双手熟练地帮妈妈绕着毛线。我装模作样地拿着一本书，小狗依偎在我的脚边，不时抬头瞧瞧我，我不时地抬头瞧瞧春梦。春梦比我大三四岁，在我的眼里，她是我童年少有的玩伴，又是少年老成的姐姐，想与她一起玩耍，又感觉她与自己有那么些不一样。她与我似乎没有多少共同的语言，她与我的妈妈却总有说不完的话。

你真命好！你有妈妈，还可以读书。这是春梦的原话。讲话时，她看着我，似乎又没有看着我。而我，每每这时，心里便迅速滋生小傲娇，拿着书的手，便再也不肯放下，即使半天也没看进一个字。

再长大些，我听懂了一点。春梦四岁丧母，父亲再娶，后妈容不下她，她成了别人残疾儿子的待养小媳妇。村里人偶尔拿春梦开个玩笑，六岁的春梦懵懵懂懂，她不懂得何为童养媳，何为小男人，只知道自己从此与这位叫大宝的比自己小几岁的人得共同过日子。

把屎把尿，端水喂饭，洗衣扫地……在准公婆的呵斥下，春梦一点点学会。小小年纪的春梦，常常肩背着大宝烧火做饭，拔草放牛。等大宝会走路了，春梦便成了家里的主劳力，养鸡养鸭养兔、喂猪牧牛放羊，上山砍柴，下地插秧，上房盖瓦补漏，下山抬石挣钱补贴家用……起早摸黑，日复一日。

春梦说，那个喷洒农药的铁桶比她人还重，挂在肩膀上，常常连人带桶摔倒在地里爬不起来；春梦说，那个挑粪桶的扁担比她人还长，每次摇摇晃晃挑到田里，身上便溅满了粪便；春梦说，那把锄地的铁耙子又笨又重又锋利，锄着锄着，右脚拇指不知何时被削去了大片；春梦说，这些都不算什么，最苦最累的是人心寒冷，畜生都有人爱着，她比畜生还不让人待见，冷眼冷饭冷床板……

正月是很短的，拜年做客的时间更是不能太长，春梦来看外婆是要经过恩准的。每次春梦回去，看着她小小的背影一步三回头，一点一点从对面山头上消失，她年迈的外婆便坐在门槛上唉声叹气，悄悄抹眼泪。

最后一次见春梦大概是我十五六岁的时候，春梦坐在我边上，小巧的鼻梁，倔强高挺，浓眉下一双忧郁的大眼睛，左脸颊多出了一道红红深深的伤疤。春梦说，她完婚了，现在除了白天做牛做马，晚上还要继续；春梦说，她爱上了别人了，可她没有勇气与爱情私奔；春梦说，她割腕自杀过，又被恶狠狠救活，现在生不如死；春梦说，这日子太长了，何时是个尽头……

春梦伸出满是厚茧的手，握着我的手说，我多想你的妈妈就是我的妈妈啊！

那你就叫吧……

春梦没叫上，春梦死了，那一年她19岁，我相信，她是奔着爱情之梦去的。

春梦说，他家与她家相邻，他家的几亩地与她家的几亩地也相邻，他们干农活的时候，也常常相邻着。春梦说，在她使不上劲的时候，他会不言不语上来搭一把手，比如，帮她扶正农药桶；比如，帮她接下长扁担；比如，帮她堆草垛；比如，帮她抢收稻谷。有时，也会递上一截解渴的小黄瓜，一壶苦涩的金银花茶，甚至一朵小野花。

他不太爱说话，他戴着眼镜，斯斯文文，只在假期的时候才回家。

那一天，太阳火辣辣的，春梦在地里告诉他，明天我就要完婚了。春梦看不到他的眼睛，只看到镜片漫上一片雾。春梦的心，一下子跌进万丈深渊里。

其实，春梦不说，他也知道；其实，他知道春梦想说什么；其实，说了也是白说。

那一晚，月光如水，他如月光，他将春梦紧紧地拥入怀里，春梦把自己的全部都赤裸在了月光底下，春梦哭了，月光也哭了。

楼梯当然还是那支楼梯，踩上去咯吱咯吱响，阁楼当然还是那阁楼，破旧低矮，阳光穿过小小的格子窗户，缥缥缈缈，从蛛网后挤身而入，洒在破败凄冷的墙上。春梦移动细碎的脚步，每一次，她都是累得如牛一样，沉重爬上楼，今天，她身轻如燕，踩着祥云，飘上楼。

她恍惚看到，爱情就斜倚在那张破旧的木床上，深情地望向她。春梦爬到床上，在他的身边悄悄躺下，她感觉到肌肤的迅速发热膨胀。你好吗？她望穿秋水，气若幽兰，如天上一朵云。你好吗？他温厚情深，低沉的声音滚过喉结，在忧郁深情的眼睛里燃起熊熊的火焰。她轻轻地钻入他的怀里，像一枚鱼儿钻进水草里，再也不愿出来。她听不到任何的声响，她拒绝听到任何声响，只感觉爱在耳边发烫……

门外响声雷动，人声嘈杂，惊叫、呼喊、哭泣、诅咒，人们围着屋子团团转，阁楼肯定被震得耳聩，楼梯肯定被踩得生疼。他们没办法破门而入，他们架起楼梯，砸窗而入。

门被反锁着，一个大柜子紧紧顶在门背后，木床横亘在楼中央，一根冷冷粗粗的麻绳，一头绑住床脚，一头绑住柜子，然后，春梦在肚皮上打个美丽的死结，再也救不活的死结。

床像一只摇篮，因震动而摇晃，仿佛听到外婆在歌唱：春梦睡着了，你们别吵她，轻一点轻一点……

这一刻春梦才像一个女人，恬静舒展，美丽安静，一只手臂柔若无骨，倒垂至地上，手指边上，那个"敌敌畏"空瓶子随着摇篮一起轻轻晃……

人们似乎突然间从冷漠中苏醒过来，整个村子悲悲啼啼，春梦听着听着，冷冷地笑了……

好人一夫

　　李白《蜀道难》诗："一夫当关，万夫莫开。"宋苏轼《与滕达道书》："一夫进退何足道。"一夫，指一人，一个男人。

　　《孟子·万章下》："耕者之所获，一夫百亩。百亩之粪，上农夫食九人。"宋欧阳修《解官后答韩魏公见寄》诗："老为南亩一夫去，犹是东宫二品臣。"一夫，特指一个农夫。

　　当然，一夫的真名不叫一夫，可他，确确实实是一夫。俭朴自然、谦逊正直、乐善好施。

　　一夫是个武大郎式的人，五短三粗，其貌不扬，从山旮旯那边来；一夫是个刻苦勤奋的人，勒紧裤腰带，挖草根吃野菜，靠热心人的支助，山旮旯唯一考入大学跳入龙门的人；一夫是个善良的人，吃了上顿没下顿也要把嘴里含着的半口饭吐出来与别人分享的人。20世纪60年代，山旮旯里跳出一位大学生，那可是鸡窝里飞出了金凤凰，非常了不起的事，为此，乡亲们四处奔走，相互转告，像是自家的儿子中举，着实乐呵了好长一些日子。

　　一夫兄弟姐妹多，大哥二哥三姐四姐，足足坐满一大桌；一夫邻里乡亲亲，七大姑八大婶，哪一位也对咱一夫恩重如山。话说"滴水之恩当涌泉相报"，一夫自从参加工作并调入这个离山旮旯最近的小城市，他就成了这个小城的大忙人。

兄弟，你帮俺找个职业吧，俺身体强壮着，扫大街扛药包上工地，啥事都能干。——你以为上战场啊？！一夫心里嘀咕，脑子却飞快地转着，昨日听说某某某那刚好缺一个清洁工，这事儿就这么办。

兄弟，你那幢办公楼房这么大，厕所应该有好几个，需不需要增加一个看厕所的？——你联邦调查局的啊？几个厕所你也调查清楚了？

兄弟，俺那老父亲又病倒了，最近手头紧，我想……

兄弟，俺家闺女读书好成绩好，那学校，你看……

……

一夫不是神，找的人多了，难免面露难色，但一夫总是想尽办法来安排。当然，一夫是个有原则的人，绝对不做提篮子走偏门这等无原则的事。一夫几乎把自己的工资甚至老婆的工资全拿出来，给他们初来乍到打点，比如给他们买脸盆、拖鞋、衣架等生活必需品，甚至给他们租房租屋付水电……当然，在他们进城安居之前，一夫的家便是他们的安心大本营。

那几年，一夫80平方米的家里，总是宾客盈门，笑声不断。门口摆满了大鞋小鞋新鞋旧鞋干净的鞋肮脏的鞋，这些鞋子大眼瞪小眼，眉目发须上还粘着田里地里的泥巴，你推我挤，你说我笑，日子是挤了点，还是挤不过山里人如春的亲情。

早上起来找不到鞋子，等不到厕所，那是时有的事，有时甚至连内裤也找不到，老婆难免怨气，再乱穿衣服也不能乱穿内裤啊！对不住了老婆，这是我的哥们啊，小时候我们就是这样一起赤条条地睡、赤条条地玩大的。老婆没辙，上班下班买菜做饭赔笑脸陪唠嗑……陪着陪着，80平方米的水泥盒子里，便长出了一茬又一茬郁郁葱葱的春天，弥漫着一冉又一冉温温暖暖的亲情。

　　阿狗拿着一夫借给的钱，买了一辆破旧三轮车，不听一夫的劝告，哼哼啊啊马上上街拉客去了。城里的街道比农村要平坦，城里的太阳比农村要热辣，阿狗怀揣着第一笔收入，嘴里哼着自编的歌，脑子飞快地盘算着，今晚给一夫买一瓶二锅头，咱哥俩，喝上……一转弯，遇到交警叔叔正"站岗"，三轮车一辆接一辆，用链条拉起来有长城那么长，阿狗一看这架势，慌了神，拐不了弯，径直往"刀口"上撞。

　　一夫，赶紧赶紧，救……被抓了……

　　你说清楚啊！在哪里？谁被抓了？

　　在你家出来右拐直走左拐右拐……叫什么"鬼湖"的地方……

　　是龟湖！一夫赶紧下楼，骑着老牛车便往前冲。一夫跟交警叔叔套近乎，诉之以理，动之以情，现场的交警叔叔融情于理，把车子从那一长串里解下来，悄悄还给了阿狗。

　　阿狗接过三轮车，一溜烟地跑了。嘿，一夫可真是好哥们，我得好好干，努力拉客，拉出个发达的模样。车子绕了两个弯，阿狗又在另一条街上被交警叔叔抓个现成。

　　一夫前脚还未迈进大门，后脚呼救电话又跟上，一夫气喘吁吁跑下楼，一夫把红红的脸使劲地往大衣里缩，嘿，他是刚刚被抓过一次的人,他是初来乍到,不认得路的人,他不是一个故意的人……

一夫把阿狗拽到角落里,狠狠地问,你小子胆子可真大呀!这么招摇!你不会先回家避避啊?!你不会绕小道啊?

阿狗理直气壮,我堂堂正正赚钱,哪条是大道哪条是小道啊?!

阿权在歌舞厅里当保安,久听成瘾,阿权迷上了各种剧,回到家里,兰花指一翘,翘得老婆心里发怵,这咋不像我的男人了?这是什么女鬼附身?老婆找一夫倾诉,阿权已经好几个月没回老家了,阿权肯定女鬼上身了,阿权肯定外面养了个野女人了。呜呜呜,我也不要活了……这两个活人像个跷跷板,按下这头,翘起那头,抚慰好那头,又翘起这头。一夫城里山里两头跑,跑得口干舌燥脱层皮。

小姑娘家里穷,长十几岁也没出过山沟沟,到城里的路费也是一夫给的,到灯具市场当营业员当然也是一夫介绍的。几年后,灯具市场不景气,老板对小姑娘说:我要去另一个城市发展,要不,这个店盘给你?

小姑娘心大胆大,天不怕地不怕,口袋里一个钱也没有,竟然敢一口应了。一夫求爷爷告奶奶,跑银行跑税务跑中介,再勒紧裤腰带,带领大伙儿你20我50,再不够欠着老板一部分(老板也是个好人哩),硬是盘下了店面,盘给了小姑娘一个天大的信念。如今,小姑娘也已人到中年,已是家具行业上千万资产的大老板。

一夫没有什么爱好,唯一的爱好就是喝点小酒,讲个段子，吹点小牛，关注身边需要帮助的人；一夫没有什么缺点，唯一的缺点就是有时帮助他人帮得忘了自己；一夫没有局长的架子（一夫早已是某某某的一局之长），只要邻里乡亲们有事，他跑得比谁都快，求爷爷告奶奶，安排妥当了他才睡得踏实。

一夫资助过的那些谁谁谁，如今都已是各企事业单位里的骨干，单干的都已做了自己的老板。自己的侄女侄子外甥外甥女等等，在他的帮助下，如今个个有能力有出息，有的在美国留学，有的在旧金山任职，有的是家大业大的私企老总，有的稳坐某机关一把手。他们继承一夫的善良，总是力所能及去帮助身边需要帮助的人，"问渠哪得清如许，为有源头活水来"呢。

每到逢年过节，一夫家里可热闹了，各路神仙知恩报德，拖家带口，大包小包来给一夫拜大年，送吃的送穿的甚至有送高档车的，所有的礼物一夫统统不要，一夫给孩子包红包，还给他们一个个结实的拥抱。

一夫说，我与老伴都有退休工资，不愁吃不愁穿了，用不着你们给的这些东西。把这些送给那些需要帮助的人吧；一夫说，现在国家政策好，城市资源好，公共自行车都免费可骑了，我与老伴天天骑车锻炼，身体棒着呢，你们啊，就别为我操心了。

一夫的职业不是教师，可是桃李瓜果满天下；一夫的身份不是农夫，可是他播种了一个世纪的春天。他总说，我是一个地地道道的农民。

致宝贝

——节日快乐！

亲爱的宝贝：

你好！

从小到现在，妈妈从没给你写过信。一是因为你之前还小，不认得字；二是妈妈还没养成这样的习惯。今天，妈妈取来笔和纸，把此刻心里想与你说的话写下来给你，好不？

宝贝，明天就是六一儿童节了，一个学期又将结束。想想这一学期过得真不容易呀！从你入学的第一天起，妈妈就在担心：小学里不再有小床了，习惯了午睡的你怎么办呢？吃饭时没有阿姨了，你吃不下饭怎么办呢？在家里，你吃饭时总是会有些挑食，在学校，没老师家长监督了，你会自觉把饭菜吃完吗？中午如果没吃饱，下午上课时你会坐得住、听得进去吗？还有其他小朋友呢，如果相互之间生气打架了怎么办？

有一次，听班主任陈老师说，咱班有小同学带头爬到了学校的顶楼上去看风景了，吓得妈妈一身冷汗。宝贝，这风景，或许真的很美，但也得等你们长大了以后再欣赏，现在小小年纪，就不要这样浪漫了，好不？还有一次，听家长说，有一年级新生和高年级的同学，在操场上剧烈奔跑，脑袋相撞了，挺严重的。学校里有一方小池塘，妞妞妈妈说，她家的宝贝被小同学推到池塘里，浑身湿透了。唉，宝贝，你们怎么就让爸爸妈妈这样不省心呢？听着听着，妈妈这心，就慌乱乱的，生怕你在学校表现不乖了，调皮了，出事了。

回家的第一件事，妈妈总会问很多很多，想知道关于你的很多很多。有一天，你对妈妈说：妈妈，你是不是老了？怎么就这么啰唆呢？刮刮你的小鼻子，看着一脸坏坏的你，我们忍不住相视大笑。笑着笑着，妈妈便笑出了泪花。

学校离我们家一街之隔，爸爸总说，我们尝试着让孩子自己走到学校去吧。可妈妈总是不放心，总是害怕哪一天红绿灯坏了；总是害怕开车的人不守规矩了；总是害怕你走着走着，就像在大操场一样，乱奔乱跑起来；总是害怕，路上遇到不安好心的人，怎么办？几分钟的路程，妈妈开着四个轮，堵堵塞塞，弯弯转转，费尽九牛二虎之力，将你送到校门口才会安心。

宝贝，每天早上，妈妈都会检查你的书包，看看你小手机带了没，电话卡有没有在。那一天，不知是怎么回事，怎么这两样东西就都不在你书包里呢？每周三下午都只有一节课，1点50分放学，说好爸爸来接你的。2点40分，妈妈在店里,看到你背着沉重的书包,满脸通红地跑向妈妈,"妈妈,爸爸怎么没来接我?你们怎么不接我的电话"妈妈的心,一下子被揪得酸疼了。难道你是一个人来妈妈店里的吗?你怎么来的呢?打的?坐公交车?几路车?五六个站之远呢。还有爸爸呢?怎么一直没告诉我你没接到?难道他忘了去接你?

"我在学校等了好久,小同学都走光了,我就自己走到舅舅家(舅舅家在学校边上),站在楼下按了好久的门铃,没有人在家。我就走到小店,叫小店的阿姨给你打个电话,打了好久,你也没接我电话,我想妈妈应该在店里,便走到公交车站头,坐5路车来店里。"听你细细说来,我已听得辛酸不已!内疚不已!心疼不已!你爸爸的电话随后跟到,听着他吓得发软的声音,听着他说:我怕你担心,没敢马上告诉你……所有的责备的话,便再也说不出口了。宝贝,这样的事情,可不能再有了,要不,爸爸妈妈会被吓坏的。可你笑嘻嘻地说,没事,妈妈,别担心,我又没有害怕,这不,没哭嘛。嗯,宝贝,你好棒!妈妈发现,上了小学的你,真的长大了,独立了。惊吓之余,竟然给妈妈带来了小小的满足。

一天,看着电脑屏幕上滚动的照片,你说:哇,小时候的我好可爱,那时候的妈妈真漂亮。嘿,小子,怎么说话的?难道妈妈现在很老了吗?嘻嘻,没有没有,妈妈依然漂亮。说得妈妈泪光一闪一闪的。宝贝,你健康长大了,妈妈自然就会老了,这是生命的规律,没法抗拒的。

　　宝贝，明天就是六一儿童节了，妈妈许你一个愿望，一整天由你来安排，做你自己最想做的事情。好不？

　　宝贝，妈妈总有说不完的话，想对你说。听着妈妈唠唠叨叨，你会不会又取笑妈妈老了呢？呵呵，其实，总结一下，也很简单：想你快乐地学习，要你懂得分享，要你学会倾诉，遇到困难，不管任何时候，你都要及时向爸爸妈妈求助，知道吗？

　　宝贝，妈妈眼里的你，一直是最棒的！继续加油，让我们一起分享你的更棒！

　　祝福我的宝贝健康快乐永远！

致我的情人

据说，今天是情人节！怪不得，鲜花那么缭乱，灯光那么迷离，空气那么暧昧。我没经历过几个风花雪月的情人节，初恋那会儿，2·14情人节作为舶来品，离我们似乎还遥远，记忆当中，那位他，没给我送过一朵玫瑰一颗巧克力或是一株"秋天的菠菜"，当然，更不可能有什么烛光灯光电光之类的浪漫。

婚后，2·14情人节如热恋般升温，恍然大悟，原来，情人节可以送送甜言送送蜜语送送秋波啥的。奈何？群众的眼睛是雪亮的，口水是海量的，一不小心，下场很可能就是引火自焚，全军覆没。量你有这个贼心也没这个贼胆。偶有胆大妄为者，隔着屏幕，衔来一朵玫瑰，跳出一颗红心，做出一个拥抱的姿势，便是被吓得胆战心惊，脸红心跳，为了避嫌，避嫌，赶紧扫荡，立马清除。聊天记录得为人一样，端端正正，清清楚楚。不是吗？

少女怀春之心，早没了。偶有中老年情感的小荡漾，也将其小心翼翼地埋藏入深宫地窖里，冷冻冰封。久而久之，2·14情人节于我来说，便只是商机而已。

近几年来，七夕也开始热烈起来了。许多人将其称之为咱们国人自己的情人节。如果是这样的话，那么，情人节对我来说，不是毫无印象的，而是太重要了！

那时候，我还没长大啊！那又如何？并不妨碍我坐在阳光下，掐着指头痴痴地盼那甜蜜的节日。倒计时是从爷爷生日那一天开始的，因为爷爷的生日是七月初一，从这天以后，几乎每天起床都要问一声：爸爸，离七夕还剩几天？父亲说：你自己算算呗。于是，掰着指头开始等。

农村的孩子没多少零食可吃，除了一年四季山上的野果子，便开始期盼年里有吃的节日，即便苍凉感伤的清明节，我们也是雀跃着来期盼的，任家长点灯焚香祭祖说道，我们的心里只有"清明果子"的清明。

小村子离镇里往返足足十几里地，清晨7点钟出发到镇里，购置各种生活必需品或节日"奢侈品"，再返回，需要一整个半天。中午时分，阳光将小山村照得热烈温暖，我站在阳光底下望眼欲穿，期盼也开始升温。父亲从镇里采购回来，在老远老远的山那边，便开始呼唤我的小名。我挥舞着小手，看着父亲的人影从小到大，从远至近，看着父亲从对面的山头下来，爬过山坡，跨过小桥，还未走到村子里，我便飞奔着跑向他，吊在他的脖子上，躲进他的怀抱里，任他生硬的胡须扎疼我的脸。

那时候的情人节礼物不叫巧克力，叫巧食。焦黄的长长的，松松脆脆，咬下来满嘴香甜。那时候的鲜花不用这么昂贵，满地都是，红的绿的粉的紫的白的……你可以随心所欲，躬身在原野上，采撷盈盈满束，捧上心头。那时候的糖果比现在甜，任何一张糖纸，都比现在经过专业设计的糖纸更美丽。

犹记得，父亲爬到崖壁上采摘我喜爱的花朵；犹记得，父亲卷起裤脚，踩入冰冷的水中，给我抓鱼虾；犹记得，父亲坐在水边的大岩石上，给我讲一千零一、零二、零三、零四个故事；犹记得，父亲拉着我在阡陌稻田间捉萤火虫，让一个又一个装满萤火虫的玻璃瓶，美丽梦幻我黑白的童年；犹记得，父亲背着我一口气跑到几里外的小镇卫生院，只因为少女经期期间的我痛得满地打滚，母亲不在家，父亲急得手足无措；犹记得，父亲与母亲肩背大米猪肉咸菜，手提煤球炉，走几十里地，只为住校的我做一顿可口的饭菜，改善一下我住校期间的生活。直至有一天，父亲费尽力气，断断续续跟我说，要宽容要善待要照顾好家人……从此，我的情人节没有了情人。

昨晚友人小聚，回家时经过一家鲜花店，不知为何，心里忽然想起了父亲。现在已是凌晨半点，我埋头在电脑前敲着字，如果父亲在我身边，肯定会几次三番催促我赶紧上床睡觉。我又会和他玩起"猫捉老鼠"的游戏——他来敲门，赶紧关灯，他一走开，又偷偷把灯拧开。

昨晚，喝了点小酒，我是走路回家的。快到家门口时，把台阶当成平地，把脚给扭伤了，跌倒在地，老半天也爬不起来。边上来来往往的人也挺多，我却不敢叫任何一个人帮我一把，心想，如果父亲在，该有多好。

昨晚，与几位资深美女手挽手走了好长的一段路，当话题里有"父亲"的时候，我心里忽然潮湿一片。很想嘲笑那句话"时间是治愈一切伤痛的良药"，那些血肉亲情，与时间毫无关联。

好了，父亲，最后再告诉你一件有趣的事。昨晚在大街上走着走着，忽然听到身后有人喊我的名字，回头一瞧，先生气质儒雅，风度翩翩，全然陌生，经自我介绍才知，竟然是文字里见面已久而生活中从未谋面的博友，心里不免小惊喜。请原谅啊，那位先生——我总想，我总想，如果那个情景，是我与父亲，那该多好啊！我这么说，父亲你肯定是要生气了的。好几次，梦里相见，你总不与我说话，只远远地瞧着我，我只要一跑向你，你便转身不见了踪影。

父亲，我已好长时间不曾开口说话了，今天有好多话想对你说。可是，身边总是人来人往，一刻也静不下来。没办法，我只能耐着性子，陪着时间，即使在我灵感与情感都最丰富的时候。直至此刻夜深人静。

2·14情人节于我已无任何的意义，所以，我忘了。七夕情人节，我必定会记得。我会采撷一朵绽放的玫瑰，敲打一篇心灵的日记，告诉你我的记挂与思念！

如果，有一个节日是属于情人的，那么，这个情人，该是我们的父亲或母亲，身上流着共同血液的"情人"！

美盲·文盲·思及

大多数人的不幸并非他们过于软弱，而是由于他们过于强大——过于强大，乃至不能注意到上帝。

——克尔凯郭尔

美盲·文盲·思及

没有审美力是绝症，知识也解救不了。

——木心

提及美盲，有人或是会想到已故吴冠中先生。而我，却想到麦浪先生。

与他不是很熟悉，但同是协会中人，不免偶有交集。不知道是什么时候加的微信，似乎从来没有私聊过。因为他首先是一位画家，而我，并不懂画。直到有一天，看到他个人公共平台上一些热乎乎的游记。说是热乎，是因为游记是在旅途中写的，边走边写，全部是个人在路上的所见所闻所见解。有思想有见地。于是，对他文字的关注甚过他的画。

那一天，木木约聚，醉说：今晚麦浪有个讲座。然后，柚子们异口同声：那就约在讲座地点 BOBO 咖啡隔壁，提前吃，完了一起听讲座去。

这期讲座主题是雕塑与美。两个小时，古今中外，侃侃而谈，听得意犹未尽。美盲一词，更是深刻入心。

美盲，平常听到不多。倒是文盲，从小就耳濡目染。

因为妈妈就是文盲。农村扫盲的那个时候，妈妈便是其中的一位"大"学生。可是，她真的是小学一年级都没有上过，一开始几天，连怎么握笔都不会。晚饭后，煤油灯前，她费力地握着笔，像拿着一把炒菜的大铲子，左比右划，总是腼腆地问我：哎，这个，怎么写？于是，小小的我便一本正经，像位老师一样，扶着她的手，一笔一画教她。继而，又摆出一副严肃的为师尊严，装腔作势训：哎，你怎么这么笨嘛！她不好意思瞧瞧我，然后，伸来温厚的手掌，用力摸摸我的头，俩人相视大笑。

关于"盲"，当时农村还有一句骂人的话——眼盲！当然不是真正的"眼盲"。田头边，屋角落，为了争得那一点点利益——一截墙头，一块砖瓦，甚至一根小树苗，大骂出口。"你眼盲了！你没看见这树是我栽的吗！""你眼盲了！你没看见这墙砌到老娘屋子里了吗！""你眼盲了……"泼悍老娘客，个个脸色乌青，双手叉腰，吐沫横飞，你来我往，能骂一早上。那时候我还小，听邻里们如此赤口白舌、污言秽语，已觉得甚是难堪。父亲是不会让我去围观这些难堪的。我也不需要父亲把我从人群中拎出来，推到屋里，而是自觉地躲进屋里，权当眼盲，但耳朵还是会好奇地竖起来偷听。

文盲是不识字，眼盲是不识"人"，美盲一定是不识美。不识字的妈妈，依然把农村的家，擦洗得干干净净，把自己和家里人打扮得整整齐齐。不识"人"的人，当然是欠骂欠揍的——这么顶天立地的女汉子，你竟敢视而未见！

你竟敢有贼心有贼胆想揩油！不识美的人，估计就更惨了，没有爱没有温暖不懂得欣赏，生活在丑陋当中，会不会是生不如死呀？

不知道在哪一本书中看到，说，梅雨潭为何干涸了？就是因为美盲的破坏。我没有去过梅雨潭——虽然离我很近——不敢妄发言，但作者这样子写，一定是有原因的。咱先不去查证，且说这世上有许许多多各种各样的"梅雨潭"，干涸、失色、糟蹋、破坏，甚至被摧毁埋葬，有什么法子呢？难过、伤心、哀痛，"梅雨潭"遍体鳞伤，独自饮泣。你听见？面对空无一物的千年石窟、万年洞穴，面对被夷为平地的帝王陵墓祠庙园林，面对那些残缺不全的肢体五官、那些七零八落的石碑画像，泪不知从何流下。那一把把邪恶的大火，那一锤锤冰冷的榔头，如蚊蝇般在眼前飞舞。它们一定还笼罩在噩梦的阴影中。

有没有发现，有一种很奇怪的现象，文盲大多不会是美盲。因为他们生活在大自然当中，扎根在祖先留下来的土地里。很纯粹。他们汲天地雨露精华，沐百年人情世故的温润，他们懂得敬畏，绝对不会随意破坏摧毁古老的物件与建筑。而许多识字的先生，往往审美缺陷。他们能把千年古建筑瞬间推成一座废墟，他们能让"时光"灰飞烟灭，让后人找不着南北痕迹。

扫除美盲比扫除文盲更重要。心与物相通，物与灵相通。做一个有肉有灵的人，美，估计就不会缺失了。

读文章，我喜欢读"美"文，有内容有嚼劲，行云流水，又处处日月山川，精神显现。交朋友，我喜欢交"美"人，有思想有情怀，心有容，情有趣。做事情，我喜欢做"美"事，可以蠢一点傻一点但一定要暖一点。

好吧，扯远了。咱是女人，说说烟火点的事吧。

有一个笑话，说是一位貌如天仙的女子，生下了一位奇丑无比的小子，英俊老公怀疑孩子不是自己的，女子委屈地申辩：我没整容前就是这样的嘛……孩子他爸当场气晕死过去。

前天，路过一商场，听到了俩美男子温柔的对话——咦，你今天怎么看起来有点憔悴呀？他懒懒地说：哎，今天起迟了，还没来得及化妆。那也修下眉毛涂点口红么……我听得瞠目结舌。

哪位女子不爱美？哪位男子不钟情？但这种审美，似乎有一点点恶俗，是不是让你觉得蛮尴尬的？我生活在尘埃烟火里，接触普通的市井人生，那些高高在上的阳春白雪，不知道是不是也这样？

不识"美"的人，或歪曲"美"的人，估计是没多少情商的，还处在懵懂状态，未开化，一定是蛮可怜的。不识美的民族，估计也好不到哪里去吧？

又扯远了。只说说爱美之心呢，怎么又扯到如此高大上的话题上了！看来，这美盲，不一般清浅。要使尽洪荒之力，往深里说。要不，怎么说也说不清楚。我这么清浅地说，您，听懂了吗？

微博之后，受宠若惊！

受宠若惊在"百度百科"上的释义：因为意外地得到宠爱而感到惊喜。谦辞，多用于自谦。而百度词典则解释为因为得到宠爱或赏识而又高兴，又不安。含贬义。

如此释义？且不说百度释义之含糊，此刻我要表达的是不是亦是如此之暧昧模棱呢？

柴米油盐酱醋茶，自古为开门七件事，而现在，随着生活水平的提高，人们讲究的不仅仅是吃得饱，而是如何吃得好，吃得健康。再加之速食时代，时间宝贵，上班族没有谁能保证有时间天天逛菜市场，这冰箱，就成了家里头的首件电器，不可或缺。故，敝人以为，这开门七件事里面，应该容纳"冰箱"一件。

是日，给孩子做早点，拉开冰箱，一股热气夹杂着腥味扑面而来，一看显示屏，冷藏零上 19 摄氏度，冷冻零上 19 摄氏度。我的乖乖，从零下 18 摄氏度窜到零上 19 摄氏度，可想而知，冰箱里此刻有多糟糕。直拨某某电器售后服务总部电话，接线生的声音非常温厚动听，询问情况后解释，或许是人工智能问题，我按着他的提示操作，将显示屏设成智能自动调温（其实，冰箱买来到现在，一直是智能自动调温）。当然，他只是说先这样试试，两个小时后，温度如果没有降下来再给他们电话。简单地处理下冰箱里的食物，匆忙赶着上班，白天没有时间再回到家里，晚上回家，发现冰箱依然如故。当然，一天一夜的封闭式运行，冰箱成了保温箱。

再致电某某电器，接线生换了位女生，操着浓重的乡音，她听得懂我说的，我总是听不清楚她说的，重复几次，我只明白了一点，晚上已经没有师傅，要到明天早上再联系你。哦，那冰箱是让它一直这样工作，还是先得把电源拔掉？她犹豫着说：那你就拔掉吧。

等到第二天中午 11 点左右，师傅终于来了，开始检查冰箱，没几分钟便"发现"问题所在：是排风扇掉下来了。那问题严重吗？没事，你这冰箱买来才三年，应该不会坏。风扇装上后，冷藏的温度在慢慢地往下减，等了半个多小时，师傅递给我一张名片，离开并交代：冰箱降温需一段时间，我先回去了，有问题再电话联系，因为超过保修期几个月了，所以得收取上门服务费 30 元。OK，一切没异议。

下午 2 点多的时候，检查冰箱，显示屏上冷冻依然是零上 19 摄氏度，冷藏下降到了 5 摄氏度，可冰箱里面的温度没降。于是，再次致电某某电器售后服务。

换了位师傅过来，拆机检查后，结论：电脑故障，制冷不行，得整机搬离维修。师傅，能不能再找个老师傅看看，尽量在家里维修？这样的庞然大物，搬离得需好几个人啊，过程磕磕碰碰且不说，老城区的房子没有电梯，楼梯过道狭窄，还得把冰箱的门卸下来才能搬离，工程也太大了吧。小师傅笑着说：便是所有的老师来了，也没用，一定得搬走才能维修。哦，那得维修多久呢？那这个很难说，估计最快也要五六天。那什么时候来搬呢？也难说，今天肯定不行，明天尽量安排，双开门的冰箱比较大，需要好几位帮手，一下子凑齐几位师傅比较困难。

唉，自认倒霉吧。拿起手机拍了几张照片，直接微信微博。"从零下18摄氏度变成零上19摄氏度，一天时间，冰箱里的'鲜'全遭殃。在家里等着陪着维修师傅一整天，师傅换了两位，冰箱拆拆装装，最后定论：电脑故障，制冷失效。要整机拖到厂家维修，最快也要一周。购机到现在才整三年，XX电器，你让爱你的我，情何以堪！"

没想到微博发出大约一小时，便接到某某电器总部咨询电话，我把大致的情况对她解说一遍，她说：好的，回头让维修人员与你联系。

几分钟内，温州来电：你发微博了？你投诉我们师傅了？你这样投诉，我们要扣工资奖金的，麻烦你删了吧。

呵呵，不存在投诉，更没有投诉师傅，只是作为消费者对这个产品使用过程中出现的问题，发点小牢骚而已。

不一会儿，浙江总代理电话：我们总部有要求，不能发微博，负面的一律要删除！

这总代是怎么说话的啊？我笑着说：我只是消费者，冰箱出现故障，我实事求是，发个微博而已，有这个权利的吧？

　　一会儿，温州再次来电：这样吧，我晚上马上派人把你的冰箱拉走，我给你配一个临时冰箱暂用，也麻烦你在我把备用冰箱拉过来时，把微博给删了……

　　呵呵……

　　如果说当时发微信微博只是一种习惯使然，带着轻描淡写晒的心态，而此刻，接二连三的电话之后，我便得慎重对待了。

　　当晚，看五位师傅合力将备用冰箱搬入家门，又将故障冰箱拆卸门框，抬下楼道，我是真心感激感谢！并再次发了微信微博："微博是可以同步的……从总部到省总代理，再到市总代理，一小时之内，电话接二连三，这是品牌的连锁反应？且不管内容如何，单是这品牌意识，亦是让人佩服的！几位师傅气喘吁吁地把临时冰箱搬上来，又气喘吁吁地把庞大的冰箱搬下去，急用户之所急，需用户之所需。在这里，我亦要对你们的工作表示感谢！对某某电器的售后服务表示赞赏！"

　　第二天早上，故障冰箱便已修好送返，一并送返的还有前一天收取的30元上门服务费，以及师傅们暖如春天般的态度与话语，而这一刻，我是真的受宠若惊了！至少需要一周的维修，十几个小时就搞定了？过了保修期的维护，连上门服务费也不要了？

　　这是一个服务取胜的时代，其实，售后服务是品牌的另一种促销形式，体现的是一个品牌的责任意识。一流的品牌，需要一流的服务支撑，您说呢？而事实是，有多少事例，只因为网络参与了，才会认真对待起来，才会"温暖体贴"起来；亦有多少事例，是总部发现问题反映，层层问责，层层施压，底下的员工或承包者才会当作一回事去认真对待。我在想，品牌的服务意识也应该是连锁的，一丝不苟的。如果这服务，这速度，这态度，只是品牌的初衷，只是品牌延伸到每一个角落的责任意识，只是各个团队里再也平常不过的日常工作，那么，这一切都不需要借助于网络与媒体，产品自会发光，品牌自会强大。

　　这是个国内大品牌，我是喜欢的，对它的产品，亦是喜欢的。所以，出于考虑（也或许是我多虑），文字里我还是把冰箱的品牌给省略了，因为文字初衷，并非是针对这个品牌，只是针对这样的一种问题现象，一种服务意识。如果对方有看到我的文字，而对其售后管理的漏洞有稍许的发现并提升，也不虚此文啊。当然，我亦要在这里稍稍提醒那位省总代理，消费者不是文盲、法盲，消费者更是有自己的消费权益，以后话语切不可这样直截了当啊。

　　不管多好的牌子，机器故障难免，而服务意识故障应可免。有故障瑕疵出现无须遮遮掩掩，坦然面对，真诚处理，何尝不是另一种销售渠道？更是品牌的自我提升。长此以往，或许，我等小老百姓，再也不用受宠若惊了，再也不用去纠缠搜索引擎释义之含糊了。

　　耳畔郭富城在轻唱：只想告诉你，这种感觉让我受宠若惊……嘿嘿，如果听到这歌后，能付之淡然一笑，那此刻，该是我为文意识清朗的时候了？

龇牙咧嘴的笑与国骂

龇牙咧嘴，顾名思义就是张大嘴巴，露出牙齿。龇牙咧嘴的笑，大家肯定很熟悉，QQ聊天表情里就有，想必很多人都在用这一表情。国骂，更是家喻户晓了，只要你是中国人，应该没有人不知道国骂的。鲁迅先生早在1925年就写了杂文《论"他妈的！"》，把这国骂分析得淋漓透彻。这国骂，不仅家喻户晓，而且扬名国外。

从小到大，家规严格。父亲教育我，女子，要站有站相，坐有坐相，吃有吃相，且要笑不露齿。我呀，从小受这啥意识流的熏陶，淑女着，斯文着。喜欢安静，套句时下流行的说法叫"宅"。不喜欢人多太热闹，性格里没有张扬的东西，低调做人甚至低调做事。

一次与友人亲密聊天，聊到正动情时，忽然这厮一龇牙咧嘴的笑脸向我发了过来，吓得我半死，情绪顿时矮了半截。人家这不是正在用真情吗？那个啥，你也笑得委婉点呀。一种被戏弄的感觉油然而生。原来你根本就没用真情呀，调侃调侃，触目惊心之后，我大发感叹！于是，再也不和这厮深聊。

上了论坛之后，极目之处，竟然全是龇牙咧嘴的笑脸，嘻笑怒骂，乐成一片。时间久之，那种毛骨悚然的感觉渐渐地没了，那种一惊一乍的感觉渐渐地淡了，习以为常了。细细地捉摸了一下，发现这龇牙咧嘴还真有一些内容，笑得可谓模棱两可，很相对，绝对地不绝对，你怎么想就怎么有意思。比如说想要表亲昵，后面跟一个龇牙咧嘴的笑，自作多情就变成模棱两可了，费思量去吧你；比如想要指责挖苦一下，这一笑，就变成调侃了，言语就不怎么尖锐了；比如想要玩笑戏说一下，这一笑，就拉近了距离，显得亲近了；比如说，受了委屈，这一笑，便放开了；比如说，到了山穷水尽地，这一笑，便前嫌尽释了……你看，嘻笑怒骂，天地乾坤，尴尬的永远是对方，笑脸总是占着有利的作战地形。这龇牙咧嘴的笑，还真能化干戈为玉帛，变尴尬为力量。这不，多好的一个笑脸。当然，这笑，最直接的便是幽默了，怎么看，怎么嬉皮笑脸，怎么收放自如，还挺可爱的。

领略了这笑的真正境界之后，我就将父辈的谆谆教导抛之脑后了。每每与朋友聊天时，总是笑，温柔地笑，调皮地笑，可爱地笑，当然少不了龇牙咧嘴地笑。这鼠标一点，龇牙咧嘴地一笑，人，竟然神清气爽起来，竟然轻飘飘起来，竟然痛快淋漓起来，竟然有一种主宰了情绪的快乐，非常释怀与放松。

于是，想到了国骂。国骂可谓吸收了我中华语言五千年的精华。不是我说的，书上都这么说。不仅历史悠久，说起来还顺耳顺口。我生于、长于中国之农村，国骂听得自然也不少，农村里粗野农人的一些口头禅，单位里西装革履男人的一些顺口溜，甚至泼妇骂街时的一些非常举动。虽然时常会听到，但总也不能习惯。每次听了后，总觉背后冷气嗖嗖，寒毛竖立，听之反胃。但有几次国骂改变了它在我心中的形象，发现原来国骂还可以这样斯文，这样高调，这样幽默，这样豁达。

第一次听到斯文国骂是在一高档写字楼。女董事长气质型的，很漂亮，"TMD"从她嘴里狠狠地且轻飘飘地吐出，惊得我半天合不拢嘴。下面的员工可能习以为常了，并无如我一样的不良反应。只见男经理思维敏捷，应答如流。烦琐的工作细节，就这样，在嬉笑怒骂中轻松交代完毕，看得我瞠目结舌。第一次发现，原来，骂也可升华。原来，骂也可以如此活色生香。再一次又见这美女董事长时，她正在开公司全体中层干部会议，只见她左手一电话，右手一手机，"TMD"如过年的鞭炮，左边一句，右边一句，噼里啪啦。那种应付，那种场面，那种风风火火，岂一般人能及？翻遍了辞典，还真找不出一个字可形容。反正，我是心如鹿撞了，怦怦跳。可别说，就她这种风风火火，泼辣辣的性格，公司里的经理员工，男男女女还真的对她赞赏有加。我还真的见证了她公司运作的风生水起，如今，她的公司已经是某地响当当的龙头企业了呢，佩服。

再一次印象深刻的国骂是几年前四川地震时，听人说，当时，有一批俄罗斯救援队赴川参与救援，费力许久，救出了一名被埋群众。这位四川老乡获救后，看着周围皆外国人，耳听皆外语，大发感慨，"TMD，这地震真厉害！这一震，居然把我震到了国外！"闻后，差点喷饭。我们国人的这一经典国骂形象跃然纸上。这一骂，传递给我们的难道仅是幽默？我看，更是对生命的一种乐观与豁达，对劫后余生的一种感悟，还是一种热爱生活的精神，传递着一种积极向上的力量。

其实，龇牙咧嘴的笑和国骂一样，乍一看，都是不文明的行为。但是，用对了时间，用对了地，就能真亦假，假亦真，哭亦笑，笑亦哭，能上能下，能左能右。深了看，其实也是一种坦荡，一种豁达，一种收放自如，更是一种幽默，一种工作生活当中能令你放松的润滑剂。

凡尘俗事，喜的怒的哀的乐的，不胜枚举。当快乐需要共享时，当哀愁需要倾诉时，当压力需要释放时，不免笑笑骂骂，权当一种放松自己的方式。性由心生，只要心地是善良的、纯洁的、高尚的，打亦亲，骂亦爱，笑更是一种生活的滋润，决不失态。你说呢？

文字刚写完，太阳已下山。驾车回家。脑袋还沉浸在刚刚码字时的快乐中，车子也开得有点激动，一眨眼，右边小巷突然一辆破悍马斜冲出来，赶紧左打方向，靠右行驶的我差点冲过直道横向左转，吓得我魂飞魄散。看他逍遥自在地开远，姑奶奶我恨得咬牙切齿，"TMD！"竟然也狠狠地从心里骂了出来，哈，是心里啊，却原来也是这样解恨的。定了定神，望着远去的车流，扬起嘴角，轻笑，继续自己的端庄与优雅。

车毁人"亡"

　　半个月前，楼下宝马自燃，好端端的香车，顷刻变成一团乌黑的废铜烂铁。每次回家，看其面目可憎地横卧在路口，都心有惶惶然。两天后，车主在车子上覆盖了一条银灰色的车罩，只露出乌漆抹黑、铜丝裸露的四个轮和一地的阴影，毛骨悚然，于是匆匆上楼，急急关门，把那一抹虚幻莫名的惊，自以为是挡在了门外。

　　前天凌晨，又一现代车自燃，距前次不过十余天，距前车不过十余米。消防车再次呼啸而至，红光烈焰，浓烟刺鼻，同样情景再现。失眠的不仅是夜，还有小区的魂、吾等惶惶的心。刚刚清理干净的路口，又堆积了一大片阴影，彻底溃了我数日来勉强支撑的"宝马"精神。

　　忽而想到，车与人何其像！原来，车，也是有生命的，不管座驾有多尊贵，烧毁了便觉生命了结，硬生生给人一种阴冷恐惧感。

　　现代车子因为发现扑救得及时，还未被完全烧毁，待警察消防车都散去的时候，细心的邻居在轮胎底下，发现一大团未烬的棉絮。显而易见，这自燃恐难圆其说！左右邻舍、甲乙路人议论纷纷，是谁，干出这么缺德的事呢？他？她？还是它？

不管车是"自燃"还是"他燃"，文字之外的暂且不去讨论。车自燃，肯定是配置出现问题了，人自燃，肯定是内脏出现问题了。"自暴者不可与有言也，自弃者不可与有为也"。如果一个人仅是外表腐烂未伤及心脏，估计一时半会儿还是死不了的，倒还可以找个外科大夫看看，如果是内在出现腐烂，估计就回天乏力了。那么，这凌晨暗夜里伸出的罪恶之手，早已是污秽腐烂之身，无须纠结用他、她，直接用"它"即可！

想起了前几天的新闻，福州男子因婚姻问题，情绪失控，开车连撞19人，致6人死亡，其中3人为小孩。又一宁波妈妈站在马路中间，将自己14个月大与6岁的儿子，一而再扔入来往车流中，最终导致14个月大的孩子被大货车当场辗死。

孟子曰："君子莫大乎与人为善。"这些漠视生命，戏谑人生的所谓人，还能称其谓人？猫狗尚有温暖忠诚，对主人不离不弃，而一个没有敬畏之心冷漠无情的人，又如何去书写一撇一捺人之端正？

生命最初，人人都只是一张白纸，就看你在这张洁净的纸张上如何描红泼墨。方块字总共就这么多，它们也是有性格的，"近朱者赤，近墨者黑"亘古不变。不一样的你，会赋予它们不一样的生命与含义，会书写不一样的"人"之端正与否。

有的人死了，他还活着；有的人活着，实际上却死了。如果一个人肮脏的内心腐蚀了灵魂，丧失了人性，生命尚存，道义不在，那么，他与死人又有什么区别呢？一丝尚存方为人，否则，则为魂，让人惊，让人怕，让人绕道而行！

从宝马香车到废铜烂铁，仅几十分钟而已。从君子到小人，或许只需几秒钟就成。

睡与税

中国有句老话："税赋不丰，何以兴国；国家不兴，焉能富民。"足见税收之重要性。税是国家主权的基本保障，也是维护社会公平稳定的基石。

"聚财为国，执法为民。"说到底，这税，也是民生之事。

睡，是一种自然休息的状态，对于人，睡眠占了人生的三分之一，可以说睡眠的好坏，是生活质量的基础。规律的睡眠是生存的前提，是生命的保障。一位不能睡眠的人或长眠的人，当然不能称为真正意义上的人，与税也就毫无关联了，如此一分析，不管您信不信，这睡与税，到底是逃脱不了关系的。

我只是一个小老百姓，不懂得国家大事，但对纳税人缴税那点事，还是挺认真的。这不，前段时间，开了一间烟火杂货店，便屁颠屁颠地为了缴税办证那事跑开了。

窗口是办事人员的晴雨表，不同的窗口，会让您领略风云雷电不同的滋味，这一路办理过来，遇到过热心的指点，也面对过冷漠的面孔，这情形与"幸福的家庭都是一样的，不幸的家庭各有各的不幸"一模一样。热情者都是春风满面，一问三答；冷漠者惜话如金，不问不答，一问一答，您自个儿要是啰唆了一点，有可能就是一问也难得一答，姿态严肃端正得令人"敬畏"！不过，这些现象咱也见怪不怪了，唯独遇到这202室的女人，刁难古怪，让人望而生畏！

202面对电脑，长得五官分明，颇有姿态。我敲门进入，"请问，是这里受理新户报到吗？"

"是的。"

我把袋子里的资料悉数拿出摆放在她前面。

"银行协议签了没？"

"签了。就差你这里最后一道程序了。"我自认我的声音是愉悦的，笑容是温和的，态度是毕恭毕敬的。

"把银行回单给我。"

"好的好的，是哪张呢？这张吗？"我拿着农行的小回联给她看。"不是"，她斜看一眼，一口回绝，眼睛回复到她的电脑上。我翻来覆去地在资料中找，确认除了农行的这张回单再没有别的回单了。

"没有了，我不知道你要的是什么样的回单，我只有农行的回单。"

"我这里不受理农行的，我这里需要建行的。"

"咦，我咨询过地税的，他们说签扣款协议，任何一家银行都行。"

"反正我这里需要建行的。"

"那你的意思是，现在让我到建行再办理一个扣款协议？"

202横了我一眼，"你的扣款协议是哪里办理的？国税还是地税？在哪个点……"

首先，我得自我道歉。我对办证这程序一点儿也不懂，我甚至分不清哪个是国税哪个是地税；其次，我是个极端的路痴，除了人民东路，人民西路，人民中路，再也说不出脚下还有几条路，以至于您问我这些简单问题时，我抓耳挠腮，竟半天也说不上来；然后，我还是个不识好歹的东西，在您心情不好、语气严重的情况下，不懂得低声下气、嬉皮笑脸安慰您，竟然还埋怨您：我是第一次办理这些，确实不懂，您就不能明白简单点？！

我看到她的手在我那一堆资料（其实也就十多张纸）里没好气地重重地翻找，然后像是有所醒悟似地拿起那张农行回单往电脑里输资料，一边输入，一边问：店的地址？店名？多少平方米？几人？我憋着气，把资料从她的眼皮底下移到自己的眼皮底下，仔仔细细地看，恭恭敬敬地答。

鲁迅先生说，产生天才前，必得有令天才得以产生的民众。想看好花，必得有好土。我想，我就是这样的民众与好土。

"开户行哪里？""农业银行某某分理处。""行号多少？""这个，单子上没有，我真不知道。"

"打农行电话，问问。""哦"我赶紧翻找电话本。

郝主任在手机里热情地告诉我行号，我拿笔记下来，202在边上听着，打断我说，错了，不可能是这样的行号码！我告诉郝主任，税官说这个号码是错的，郝主任非常歉意地说：那我把我们主办会计的电话给你，我现在人在外面，不太好确认，让主办会计给你查一查。于是，我又打主办会计的电话，电话有点忙，在这个反复致电过程中，我发现202在电脑里输入我的开户行，电脑会自动跳出行号。于是，我斗胆又问了一声：电脑里自动有的，为何还要打电话问？

"确认一下比较放心。"

"哦。"我被这样责任心感动得一塌糊涂，"那么，现在对了吗？我的农行回单是对的，我的其他所有资料都没有问题，是吗？"

"是的。""我可以走了吗？""可以了……"

呜呼哀哉！如此窗口，阳光还能进来？

我牢记我那位去世的父亲的话：学与善人交，勿与小人计。我捡起难堪，收起委屈，跨出这间充满腐烂气息的屋。

坐在车里，我感到周身晦气，我不清楚自己为何如此不入您的法眼？让您心烦意乱不说，办事还这么莫名其妙，没头没绪？我自认为五官里最起码有三官还是比较端正的，不至于把您给烦成这般模样。回头想了一想，应该是您的道行不深，刚好撞到我的修行还浅。

一张椅子，日积月累坐下来，再难的业务，也不存在不懂之理。一身华服，上班时间都得穿着，如何穿戴整齐，想来也不是我等局外人考虑之事。思来想去，唯一的解释是，您休息不好，睡眠不足！您可知道，充足的睡眠，是工作，是生命，还是民生大计呢。

弯下腰去看蚂蚁

蚂蚁，微乎其微。

芸芸众生，如蚂蚁乎？

家住老城区，饭后散步，沿街总能遇见一些乞讨者，有些乞讨者甚至几年占领着同一个位置，重复着同样的一件事情，真真假假，看多了，心也不再为之所动。

某日，一家三口饭后消食，在街的拐角处，孩子站在一位盲人卖唱者前面听得入神。一曲完毕，大多数路人慷慨解囊，硬币和小额纸币高高地抛向卖唱者前面的破旧铝盒子里。硬币碰撞着发黑的铝盒子发出清脆的"叮咚"声，有几枚硬币则弹跳出盒子，洒落到地上。孩子急忙蹲下身子，将地上的硬币一枚一枚捡起来，轻轻地放入盲者前面的盒子里，满脸认真与虔诚。我与他爸默然相视，那一瞬间，我们因了孩子这一细微而感动。

这种流浪艺人街头卖艺，路人解囊相助的情景，想必随处可见，无疑，这是一种爱心的传递。可是，当我们在给予的时候，或许不太会去想对方的感受，往往无视了爱的尊严与平等。我们总是高高在上，充满优越，我们总是挺直脊梁，理直气壮。都说予人者骄，受人者畏，当我们满脸自豪地给予的时候，却没有想到，这高高在上的行善，其实已成了"嗟来之食"的施舍。

这个社会是温暖的，大到各种各样的爱心捐款、慈善工程，小到街头巷尾的这些角角落落，无一不让人感受到爱的点滴存在。可是，当那些镁光灯一闪再闪，当那些爱心在阳光里一晒再晒，您看到的可能是慈善家们高昂头颅的优越，您会关注受赠者赤裸裸的隐私？和那被践踏的尊严？

赠人玫瑰，手有余香。其实，我们不需要多少豪言壮语，当我们在给予的时候，只需再弯一弯腰，您的善念便会无限地扩大。这弯腰，是善念的尊严，更是社会正能量的一种传递与延伸。这弯腰，是精神亦是境界，是修养亦是美德，是智慧更是一种心怀感恩的敬畏。

还记得在大马路上，老阿婆弯腰抱起18人视而不见的小悦悦，这一弯腰，让多少冷漠羞愧得无地自容！

学会弯腰，时时怀有一颗敬畏之心，才会充满热情，才会懂得感恩，才会不断地自省与完善自己，时时拂拭心尘，做一个清明通透、温暖简单的人。

学会弯腰，心存敬畏，才不会有"我爸是李刚""我是局长，我怕谁！"的狂妄。

学会弯腰，心存敬畏，才不会有18位路人对生命熟视无睹的漠然；学会弯腰，心存敬畏，才不会有粗鲁无知、邪恶放肆的行为，才不会有恃才傲物、目空一切的自大。

"三人行，必有我师焉。"容人之过，方显大家本色，适时弯腰，亦是一种海纳百川的宽容。不管是高高在上的尊贵，还是贫贱卑微的弱小，一样的心存敬畏，一样的平等对待和谦让，这是作为"人"的一种难能可贵的品质。"人"字一撇一捺，堂正与否，不在外形，全在内心。

茫茫宇宙，人类弱若尘埃，最终将于虚无，天地只在一心间。这说话做事，弯一弯腰，又有何妨呢？

主要看气质

近段时间，"主要看气质"呼啸而来，火爆朋友圈。有"砖家"出来拆招抚慰：莫怕莫怕！这是互联网的生理周期，大姨妈一月造访一次。

涨姿势。听听。我也是醉了！

互联网，一个虚拟世界，整出了个生理周期，从冷冰冰的"死体"到热乎乎的活体，想想也是蛮拼的。不知道小伙伴有没有惊呆呢？

女明星矫揉造作摆造型"看气质"时，绝对不会想到，此语会令人如此脑洞大开，风靡成金句。而我伸出热情的手点个真挚的妙赞时，绝对不会想到，美人是陷阱。这紧随其后的游戏规则，会把我如火的热情当头给浇灭。

朋友 A 在朋友圈发出一张自己的照片，标题为"主要看气质"。有朋友点赞或者回复，就是中招。刚好我就中招了。这么漂亮的人儿，谁不点赞呢。好了，游戏规则来了，有两种选择，要么在朋友圈接着发"主要看气质"的照片，继续给他人以游戏，要么给 A 发 5.21 元红包，以结束游戏。游戏规则还特别强调：如果当我是回事，玩下去！发朋友圈的时候不准说这是个游戏。

"如果当我是回事"到底是怎么回事？美女、小姑、大妈、大叔，一呼百应，抡胳膊舞袖子轮番上阵。甚至好些城市，晒风景晒人文晒金融晒历史，晒到场地晒不下为止。如此看来，这气质，真不仅仅只是那么一回事！

当然，比起那些带咒语的游戏，这个游戏算是文明多了。只是，我对这种游戏一直提不起兴致。不小心中招后，不管规则里下何种恶毒紧箍咒，或者是不是那么一回事，于我，都无任何约束力。接力线都会在我这儿戛然而止。如此看来，我是一个极其无趣的人，当然，更无气质可看了。

不过，我不能让朋友下不了台，也不能让自己实在太无趣。我会发个红包，告诉你 5.21，吾爱你！

前几天，两位女性朋友带着两个五周岁左右的孩子去野外踏秋，受不了风景的蛊惑，停好车后，两女人沿着河边，自顾自边走边拍边晒——主要看气质！没多久，身后传来五岁小朋友惊惶的呼救：妈妈快来！哥哥掉水里了！哥哥掉水里了！两位妈妈赶紧往回跑，发现"哥哥"正挣扎沉浮在冰冷的河里。女人的脸齐刷刷地失去了气质。在这千钧一发的时刻，五岁的小朋友保持了淡定机智与勇敢，及时呼叫，挽救了哥哥的生命。小朋友大担当，临危不惧，这才是真气质。

在杭州动车站出租车载客处，有一位妇女总是站在出口栏杆处，两只"手"平放在胸前，一个小布袋吊挂在左右两只"手"上，垂着头，谦卑腼腆地重复着"谢谢谢谢"那"手"加了引号，因为没有手掌与五指。那脸也不能叫脸，没有五官。两只布满血丝的变形眼洞，令人不忍直视。是一场什么样的灾难，让她变成现在这个模样，只能人前卑微地活着？她家里还有其他人吗？为什么她一直站在这个地方呢？长长的队伍中，我看到一部分人，会掏出一点零钱，小心地放入她胸前的小布袋里。

气质不需要晒五官，气质也不用如此高大上。活着，便是气质。给予，便是气质，虽然，这生命显得如此苍凉。

气质是什么？气质是那些端坐在流水线上埋头苦干的女工；是那些起早摸黑走街串巷清理垃圾的清洁工人；是那些冒着个人生命危险保障他人生命财产安全的同志；是那些在各自领域默默无闻呕心沥血做贡献的人；是那些为活下去而努力挣扎的生命。

气质是自信、阅历、机智、勇敢；气质是乐观、坚强、感恩、敬业；气质是善良温暖、从容豁达、本色正直。

人应该是要有一些气质的。您的气质，影响着家人的气质，影响着朋友圈的气质，影响着一个城市的气质，甚至影响着一个国家的气质。

服饰言行五官外貌，这是外在的气质；腹有诗书气自华，那是内在的气质。一切气质源于内心。内心秩序正常与否，直接影响着外在气质的好坏与否。

文字也是应该要有一些气质的。作者的气质，直接影

响着文字的气质。或苍凉或浪漫，或婉约或豪迈，或俊爽
或沉郁，或朴素或高雅，或现实或虚幻，或古典或现代。
不知道哪位作家说过，两篇文字面貌的不同，不是不同在
文字上，而是不同在作者的气质上。把自己的气质写出来，
这才是要害所在，也是厉害所在。大致是这个意思。

　　好吧，在这个颜值低可用气质补救的时代，俺也摩拳
擦掌忙碌了一番。只是希望，莫要不知不觉中伤了大雅。

　　贾君鹏，你妈喊你回家吃饭了。我赶紧放下手中的键
盘，我是要去做饭了。

后记

　　30多年前，我的四季很分明，春夏很长，秋冬很短。那时候我还小，父亲正当年，平淡的日子，因为有父亲，每一天都有暖阳和欢喜。

　　虽然物质生活很贫乏，但精神生活不算太清贫，那糊满墙的发黄的旧报纸，那些页面残缺不全的连环画，那被翻得破烂不堪的《敌后武工队》《苦菜花》《西厢记》，还有屋角那一个属于我的种满杂花杂草的小园子，都曾经从我童年的缝隙里发出过一束光。

　　我的家在浙江省文成县西坑镇赤水垟村河背自然村，五六间屋十几户人家，在网络地图上找不到这个地方，县市区的地图上也没占有一个红点。村庄很静，静得能听到花开尘走的声音。村庄很美，山是山，水是水，云雾是云雾，长得眉目清秀。但家离学校很远，上学要去西坑镇或者叶岸村，来回十多里的路。一到下雨天，大水淹没村前那条小木桥，只能走沿山顺水的盘山山路。山路很难走，走的人不多，灌木杂草丛生，而且也要跨过好几条小山涧和一条碇步小河，一下雨，山上就会生成好几条小瀑布，一条一条白花花地从山顶倾泻垂挂下来，看是很好看，但我们无心欣赏——有闲情才生逸致，我们并没有闲情。每次都是父亲来回接送我。他穿着雨衣，左手拿着塑料袋，塑料袋里面是我干净的布鞋和中餐，因为走到学校，脚上的鞋就全湿透了，是要换鞋的，右手一把柴刀，划开杂草芒草，在前面开路。

即使这样，一个学期之内我也总要缺好几天的课，因为雨下很大的时候，山上的小瀑布会变成大瀑布，山路也走不了。我的学习成绩并不好，很偏科，可我遇见的老师都很好，每次放学的时候，特别是下雨天，老师们总是很担忧，一而再地交代，微微，爸爸有没有来接你？路上一定要小心啊！微微，水很大呀，过河的时候一定要和小伙伴手拉手啊！

这是我小学求学之路的常态。到了初中，父亲给我买了一辆自行车，如果没有下雨，我就骑着自行车去上学。当然，下雨天大水淹没小桥的时候，还是要走盘山山路的。

直到高中住校，然后与高考失之交臂，出去打工，父亲一直都在接送我。第一次离家去瑞安三姨家，我在前面走，父亲提着我的行李箱在后面跟着，五里的路，平时沉默寡言的他，居然讲了五里路的话。他一直细细交代在外面一定要懂得保护自己，在三姨家一定要乖，要听话，尽量帮忙干点家务活，工作太辛苦就回家，不要太要强。直到车子开动了，他还站在车窗外，我看到他眼眶里含着的眼泪一直没有落下来。

1997年年底，高岭头二级水电站招工考试，那时候我正在深圳富士康公司（黄田厂区）的通讯网络事业处上班，父亲来信让我回家考试，我不想回家，我拒绝回家，山里的路我走怕了。我在一篇文章里写过，我要走出这条小木桥，我要离开这个"鬼地方"。我的父亲第一次对我动怒：你如果再不回来，就当我没生养过你吧！几次三番，我的任性伤害着父亲。在他眼里，女孩子一定要有一个稳定的工作，在外面混得再好，也不过是背井离乡的打工妹。身为电力工人的他，自己的子女能够接替他进入电力系统是他最大的心愿。

回来参加工作没几年，父亲就走了。从查出病症到离开，短短一个月。那时候，我还没有出嫁，我觉得我的天塌了，我们家的天塌了。我守护着父亲的最后，他挣扎着对我说，照顾好你的妈妈，带好弟弟妹妹。

人生而为活，活，并不是一件容易的事。许多东西你并不能自由选择，"生前身后"你没得选择，到了你可以选择的时候，或者你选择力还不够，或者已无法选择。一槌定音地活着，很难，需要自我调剂。

文学和阅读是可以帮到你的。而我的文学启蒙，一定是来自我的父亲，来自童年满墙的旧报纸，和父亲为我圈起来的可以让我任性的那一个小园地。

当我搬一张小凳子，如饥似渴地看完满墙发黄的报纸

的时候，我是多么想多拥有几张报纸和几本书。现在这个
愿望已经实现，我可以订阅多份报纸，我也可以买自己想
要的书，但是那个最黄金的时期错过了。重新翻开书拿起
笔的时候，已是人到中年。

2014 年老友相约一起出书，而我因为各种原因最终没
有参与。接下来的几年，身边的文友都在陆陆续续出书，
而我总是一拖再拖。一是生活琐事实在太忙，浓浓的烟火
气吞噬着我瘦弱的理想；二是真怕自己的文字拿不出手，
让爱我、关注我的人失望。直到前段时间，在一位朋友的
新书发布会上，徐世槐老师对我说，微微，你为什么还不
出书？你该给自己出一本书了。我深感惭愧。

于是，我利用碎片时间，整理书稿，在鹿城区作协的
大力支持下，装订成册，算是对自己爱好文学一个阶段性
的小结吧。

书稿整理期间，好友逸云问我：微微，你的序准备好
了没有？我说，自序吧，我怕欠人情。云说，一般来说，
第一本书请人写个序妥当一点。感谢云，她总是为我所想。

于是，我想到了陈富强老师。虽然与陈老师只是一面
之缘，但是作为电力系统"娘家人"，他的文字、他的为
人都是让人倍感亲切的。我想，作为电力人，如果能请陈
富强老师为我作序，当然是最合适的。当我忐忑不安地问他，
能否为我的新书作个序时，陈老师爽快地回答：可以的呀。
没有半点的架子。我对他说，过两天我整理一下书稿先发
给他看看。这"两天"一晃就变成了半个月之久，文字取

舍很难，时间一拖再拖，是因为感恩，因为敬意，因为我想尽心尽力做到自己的最好。

我还要感恩那些素未谋面的编辑，对于一个底层的写作者来说，那些自然投稿的文字能偶被选用而变成铅字，这是何等的庆幸和喜悦。我要感恩这一路上给我支持，对我的文字予以肯定并加以引荐的各位师友：程绍国、吴树乔、戈悟觉、慕白、熊国太、汪麟康、南航等，感恩强大的老友记蜜柚园姐妹群的帮助和鼓励。

一路行来，磕磕碰碰，但温暖总是不离左右。要感恩的人太多。这些暖和热，我将记取在我的生命里。父亲生前总是对我讲，滴水之恩，就是大恩。

不在梅边，在柳边。是吾爱，亦是总结。总结之后，才是真正的开始？

诚惶诚恐。

王微微

2019 年 11 月 10 日

图书在版编目（CIP）数据

不在梅边 / 王微微著 . —北京：中国民族文化出版社有限公司 , 2020.8 (2025.1重印)
　ISBN 978-7-5122-1321-0

　Ⅰ . ①不… Ⅱ . ①王… Ⅲ . ①散文集－中国－当代 Ⅳ . ① I267

中国版本图书馆 CIP 数据核字 (2020) 第 037327 号

不在梅边

作　者　王微微
责任编辑　李易飏
责人校对　祁　明
出 版 者　中国民族文化出版社　地址：北京市东城区和平里北街14号
　　　　　邮编：100013　联系电话：010-84250639 64211754（传真）
印　装　三河市同力彩印有限公司
开　本　889mm×1194mm 1/32
印　张　8.25
字　数　140.8千
版　次　2020年8月第1版　2025年1月第2次印刷
标准书号　ISBN 978-7-5122-1321-0
定　价　48.00元